オオカミの旅

作　ロザンヌ・パリー
絵　モニカ・アルミーニョ
訳　伊達　淳

帰る場所を求めてさすらう全ての者たちへ

群《む》れ

生まれた時、あたりは真《ま》っ暗闇《くらやみ》だった。ぼくが知っていることは全部、この鼻が教えてくれた。

ぼくには同じ日に生まれたシャープという兄がいる。ぼくより大きくて、いつも怒《おこ》っているみたいにうなっている。姉もいる。取っ組み合いが好きなパウンスと、尻尾《しっぽ》を使って話すのが得意なワグだ。そして大好きな弟のウォーム。ウォームはすぐにぼくのあごの下にもぐりこんできて、丸まって寝《ね》そべる。ぼくより小さいのはウォームだけだ。

きょうだいたちのことや、頭の上の湿《しめ》った土や地面に生えた草については、鼻で探《さぐ》ってようすを知る。巣穴《すあな》の中で、他のみんながうとうとしている時もぼくは歩きまわっている。出口まで走ってみることもある。みんなぼくのことをスウィフトとよぶ。歩き始めるのが一番早かったからだ。この脚《あし》のおもむくままに歩きたいところを歩いた後は、巣穴《すあな》の真ん中にあるちょっとくぼんだいつもの場所にもどってくる。ここの匂《にお》いを嗅《か》ぐと、自分の帰る場所だと思える。どれだけ嗅《か》いでも嗅《か》ぎ足《た》りない。そこに、風の中から大好きな匂《にお》いとともに帰ってくるのが母さんだ。

母さんはくるりと一周しながら、順番にぼくたちを鼻でなでてくれる。それから母さん専用《せんよう》のくぼみに横たわる。シャープとパウンスとワグが、母さんのお腹《なか》に突進《とっしん》してミルクにありつく。ぼくが一番乗りすることもできたんだけど、母さんの体の毛からは、いろんな匂《にお》いがする。腰《こし》から肩《かた》まで、うなっているような温かい息づかいに合わせて、ぼくの知らないいろんな匂《にお》いがする。その匂《にお》いにさそわれて、トンネルの出口の向こう側に行ってみたくなる。母さんが「それ以上行ってはいけない」と言うぎりぎりの向こう側。光の入口に、鼻を近づけてみたくなる。

お昼ご飯に出おくれた。ウォームが一つだけ残っていた吸《す》い口《くち》に近づいていく。ぼくが先だ！　ああ……。ごくごくと急いで力いっぱい吸《す》いついて、口のまわりをべちゃべちゃにしながら一息に飲み、息をつく。ぼくたちが飲んでいる間、母さんが歌を歌ってくれる。巣穴《すあな》の外の広い世界や、山でのぼくたちの

生活についての歌を。ぼくは息を吸《す》うように、ミルクを飲むように、母さんの歌を全身で吸収《きゅうしゅう》する。群《む》れのこと、山のこと、エルクのこと、星や、風や、雨、遠吠《とおぼ》え、狩《か》り、山、そしてやはり、群《む》れのこと。

いつものように、ウォームが地面に体をこすりつけるようによじりながら、ぼくの下にもぐりこんできた。頼《たよ》りない声で鳴きながら、ぼくのあごの下に頭をおし入れてくる。すぽんっ！　吸《す》い口《くち》を取られてしまった。お腹《なか》は半分しかいっぱいになっていなかったので、他の吸《す》い口《くち》に行こう。シャープのところは行くだけむだだ。シャープは大きいし、あの大きな口で吠《ほ》えられたら、次の瞬間《しゅんかん》には嚙《か》まれている。パウンスの体をそっとおしてみたが、頭を踏《ふ》みつけられた。ワグをおしのけようとすると、ゆずってくれた。ワグはパウンスをおしのけ、パウンスにおしのけられたシャープはウォームに向かって牙《きば》を剝《む》き、うなった。

「そこは俺《おれ》のだ！」

ウォームはすごすごと退散《たいさん》し、巣穴《すあな》の真ん中でぽつんと丸くなる。みんなお腹《なか》がいっぱいになると、一頭、また一頭と、眠《ねむ》りにつく。ぼくはその前に、まだもう少し甘《あま》い匂《にお》いがただよっていて落ち着かない。あくびをして、鼻を上に向けると……、そう、これこれ。まだミルクが残っている。もっと、とぼくはまだ飲み足りない。もっと、もっと飲んで、シャープより大きくなるんだ。どの吸《す》い口《くち》にもまだあと一口分ずつ残っている。そしてぼくは、他のみんなが知らないことを知る。残りもののミルクが一番甘《あま》い。あごについたミルクを最後になめて、ウォームを囲むように体を丸める。こうしておけば、暗い中でもウォームが誰《だれ》かに踏《ふ》まれることがない。

「もう一回、教えて」と鼻先をトンネルに向けて母さんにねだる。「いつになったらあそこより向こうに行っていいの？」

「あそこより向こうは、たとえ自分たちのなわばりでも厳《きび》しい世界なのよ。いつでも誰《だれ》かが誰《だれ》かの命を狙《ねら》っているの」と母さんが言う。「あなたはまだ小さくて、やわらかくておいしいんだから、狙《ねら》われやすいのよ。もっと大きくなるまでがまんしてね」

　母さんは、「それ以上行ってはいけない」ところから射《さ》しこんできて巣穴《すあな》の中を優《やさ》しく照らす光に向かってため息をつく。

「すぐに大きくなるわ」

　光に向かって鼻先をめいっぱいにのばすとあくびが出そうになったけれど、がまんした。大きくなるまでなんて待ってられない。みんなゆったりと、深く息をしながら眠《ねむ》っている。ぼくもだんだん頭を上げていられなくなってきたけど、なんとか踏《ふ》みとどまる。

「もっとお話して」

「群《む》れにはそれぞれ山があるのよ。そして山にはそれぞれ群《む》れがいるの。そしてわたしたちの上にはオオカミの星が輝《かがや》いているの」

　ぼくは母さんの声に耳を傾《かたむ》けているのだけれど、長くゆらゆらと、揺《ゆ》れるように、やがて夢《ゆめ》の世界に入っていく。

そんなふうにぼくは眠《ねむ》り、目覚め、食べて、眠《ねむ》り、そしてある日、目を覚ますと母さんがいなかった。

「それ以上行ってはいけない」ところの向こうで白い光が冷たく輝《かがや》いている。ぼくはみんなの匂《にお》いを確認《かくにん》し、土と、乾《かわ》いた草と、いつものくぼみに残る母さんの匂《にお》いを確《たし》かめる。いつもと何も変わらない。だいじょうぶだ。

ただ、お腹《なか》が空《す》いていた。巣穴《すあな》の中を歩くとお腹《なか》が左右に揺《ゆ》れるのが分かる。すっかりせまくなって、いつもの匂《にお》いが充満《じゅうまん》し、大きな体がいくつも寝《ね》そべっているのですぐにつまずいてしまう。一番大きいのはやっぱりシャープだ。

母さんがこんなにも長い間、ぼくたちを置いて出かけたままもどって来ないのは初めてだ。ウォームが悲しそうに鳴き出し、頭をぼくの肩《かた》にすりよせてくる。

「群《む》れにはそれぞれ山があって、山にはそれぞれ群《む》れがいるのよ」とワグが言う。

「そしてぼくたちの上にはオオカミの星が輝《かがや》いているんだよね」とウォームが続きを引き受ける。

二人の歌が続く。二人で物語を語り合っている。

シャープは母さんがいなくても気にしていないふりをしているけれど、万が一の時のために、パウンスに歯を立てている。おいしいかどうか確《たし》かめようとしたんだ。パウンスは反撃《はんげき》し、シャープを地面に組みふせて踏《ふ》みつける。ぼくは「そ

れ以上行ってはいけない」ところに鼻を突《つ》き出《だ》し、仔《こ》オオカミのぼくにも分かることはないか確《たし》かめる。危険《きけん》を省《かえり》みないぼくを見てウォームが震《ふる》えている。ぼくは気にせず、少し外に出る。頭を出して、肩《かた》まで出した。後ろの脚《あし》も全部出すと、鼻先に新しい匂《にお》いを感じた。暗い空の天井《てんじょう》に、白くて丸いものが優《やさ》しくうかんでいる。その周りに小さな白い光がまたたいている。それもたくさん。尻尾《しっぽ》の数よりもたくさん、脚《あし》よりも、爪《つめ》と足と尻尾《しっぽ》を全部足したよりもたくさんの光がまたたいている。いつまでも見ていられた。

冷たい空気が、遠くで起きていることについて知らせを運んでくる。お話の中でしか知らない遠くの出来事。松の木や、ネズミや、フクロウ、モミの木、ハックルベリー、流れる水。名前も知らないいろんなことを空気が教えてくれる。だめだよと後ろから体をよせてくるウォームをおしのけて、さらに前に歩み出る。

「それ以上行ったらいけないんだよ！」

身をかがめて、息をひそめる。まだ会ったことのないオオカミ？匂《にお》いを嗅《か》ぐ。息をひそめる。母さんの匂《にお》いじゃない。くんくん。尻尾《しっぽ》が揺《ゆ》れる。息をひそめる。

母さんの毛の中に嗅《か》いだことのある匂《にお》いだ！　群《む》れの仲間たちなんだ。低い姿勢《しせい》のままゆっくりと前に出る。

「それ以上行ったらダメなんだって！」

ウォームはすっかり巣穴《すあな》の奥《おく》に引っこんでしまっていたけれど、ぼくは揺《ゆ》れる尻尾《しっぽ》をおさえられない。巣穴《すあな》の天井《てんじょう》にぺちぺちと当たって、土がぼろぼろと大量に落ちてくる。

「しぃーっ！」

鼻を地面につける。言いなりになったわけじゃない。その声に思わず姿勢《しせい》を低くしただけだ。

「聞いて」。今度はさっきみたいなきつい言い方じゃない。

耳の向きが変わる。風が匂《にお》いと共に音を運んでくる。

素早《すばや》く、きしませながら、はずませながら、近くの木々をぬける風が鳴る。さらにその向こうからは、ホーホーという鳴き声。何やら小さい生き物が動き回る気配。そこに遠く吠《ほ》える声が聞こえた。

アオォーン。全身の毛が逆立《さかだ》った。夢《ゆめ》の中で何度も聞いた声だ。体の奥《おく》の深いところから、それに答える遠吠《とおぼ》えが出そうになるのを感じる。そうは言っても、それほど体の奥《おく》ではなかったのだろう。ぼくたちといっしょに残っていた仔守《こも》り係のグラウルに気づかれてしまった。

「こら。静かにしていろ」

ぼくは吠《ほ》えたい気持ちをぐっとこらえて、揺《ゆ》れる尻尾《しっぽ》をおさえて座《すわ》りこみ、そのまま待った。波が打ちよせるように届《とど》く初めての声に夢中《むちゅう》で、お腹《なか》が空《す》いていることはすっかり忘《わす》れていた。仔守《こも》り係のオオカミもいっしょに待っている。灰色《はいいろ》の影《かげ》となって、木々の中をゆっくりと歩いている。

遠くで水の流れる音がする。近くからは、羽音や、甲高《かんだか》い小さな鳴き声。その中間あたりから、心臓《しんぞう》の鼓動《こどう》のような、走る脚《あし》の音が聞こえてくる。近づいてくる。どんどん近づいてくる。匂《にお》いも強くなってきた。母さんと、群《む》れのみんなだ。シャープとワグとパウンスが、ぼくのすぐ後ろまで来ていた。みんなでくっついて、お腹《なか》が空《す》いたと悲しげに鳴いている。尾根《おね》の向こうから母さんが帰ってきた。群《む》れの仲間に囲まれて走っている。

母さーんっ！　母さんの灰色《はいいろ》の体は銀色に輝《かがや》き、耳と尻尾《しっぽ》の先《せん》端《たん》が黒く、見るからに力がみなぎっている。母さんたちは肩《かた》をぶつけ合うようにして走っている。みんなで頭を低くして、歌うように母さんの名前をよぶ。甘《あま》くて野性的《やせいてき》な、ミルクの匂《にお》いと風の匂《にお》いが混《ま》じった母さんの匂《にお》い。

「おいで」と母さんが言う。

ぼくはめいっぱいに尻尾《しっぽ》をふる。

「ここより先に出ていいの？」出る前に確《たし》かめなきゃ。

「いいのよ」と母さんが言う。「出ておいで」

ぼくが跳《と》び上《あ》がって喜んでいる間に、シャープが体をぶつけながらぼくを追《お》いこしていった。パウンスがぼくのお尻《しり》を踏《ふ》んづける。ぼくはパウンスをおし倒《たお》し、みんなで巣穴《すあな》の外に転がり出る。おくれをとったワグとウォームは大量の土をかぶっていた。

外の世界。外だ！

なんて広いんだろう。この新しい巣穴《すあな》の黒い天井《てんじょう》には、どれだけジャンプしても届《とど》きそうにない。それでもジャンプしてみる。届《とど》かないと分かっていたけど、ジャンプしてみた。吹《ふ》きぬける風に毛が波打つ。

大人たちがぼくの頭から尻尾《しっぽ》まで、鼻でなでてくれる。ぼくはみんなの匂《にお》いを吸《す》いこんだ。毛が金色のソングは狩《か》りの名人で、グラウルは足を引きずってゆっくり歩く。ぼくは尻《しっ》尾《ぽ》をふるのをやめられない。地面をなめると、しょっぱくて、鉄と灰《はい》の味がした。ここがぼくたちのなわばりなんだ。

群《む》れの後ろで父さんがみんなを見守っている。灰色《はいいろ》の顔に、黒い耳。背《せ》が高い。とても高い。父さんがつけた匂《にお》いの跡《あと》は、巣穴《すあな》の入口にきっちりと残っている。

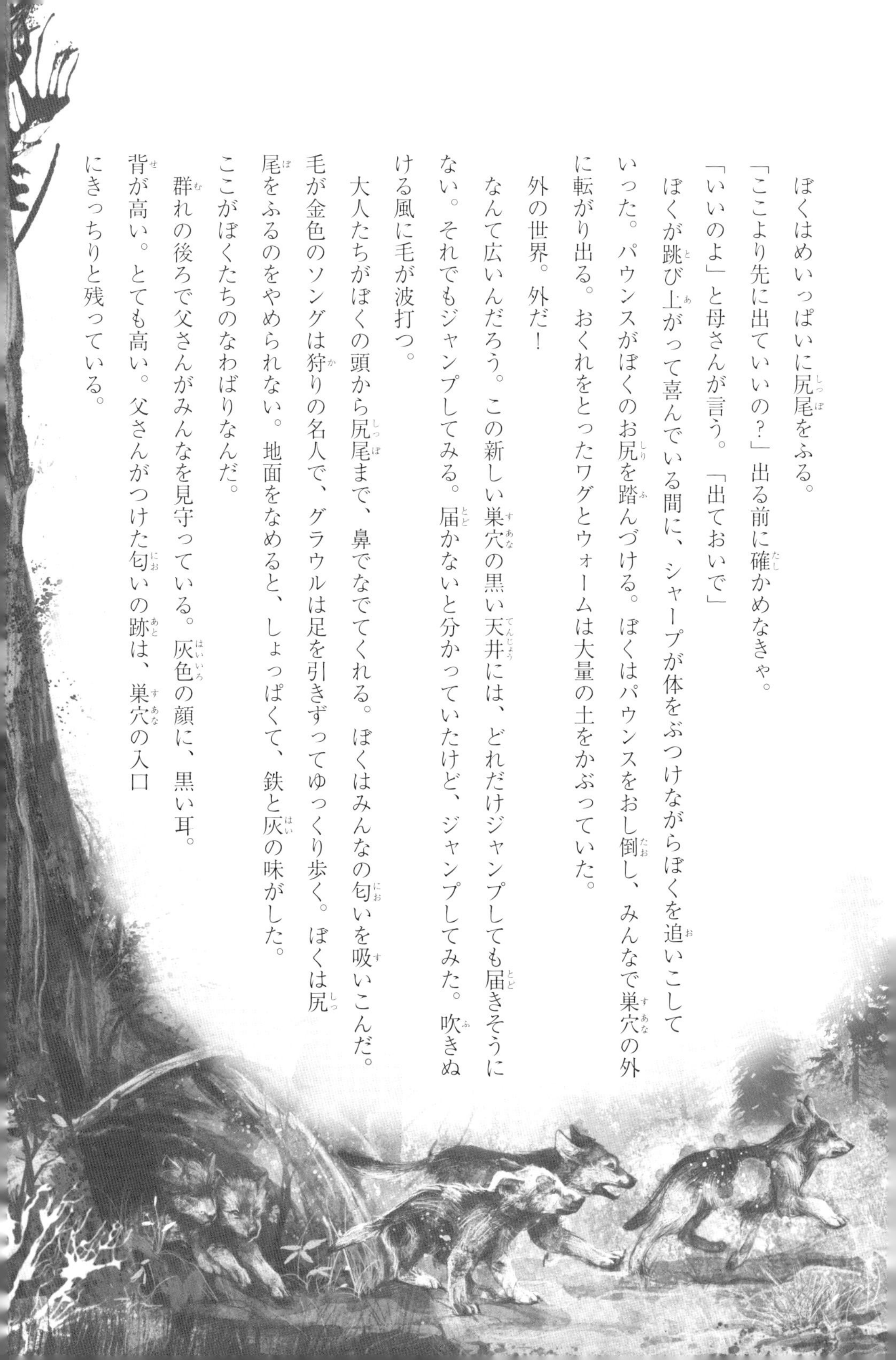

父さんが遠吠《とおぼ》えをすると、群《む》れのみんながそれにしたがう。父さんのところに行って匂《にお》いを嗅《か》いで、父さんにもぼくの匂《にお》いを嗅《か》いでもらわなきゃと思ったんだけど、父さんはだまったままだし、それに背《せ》が高い。

　シャープがぼくをおしのけて前に出た。シャープはぼくよりも頭一つ分だけ背《せ》が高く、お前なんか見下ろすことができるんだぞとぼくに分からせるために、ぼくを見下ろしてくる。シャープはいつものように尻尾《しっぽ》を立てていたが、父さんに近づくにつれて垂《た》れていった。シャープは頭を低くして、少しずつにじりよる。父さんはシャープに二度、鼻をすりよせて低くうなると、シャープの体を軽くおし返した。シャープはぼくたちのほうに向き直ると、歯を鳴らし、喉《のど》の奥《おく》でうなり、父さんと匂《にお》いを嗅《か》ぎ合《あ》ったんだぞ、お前たちはしてもらってないだろ、と自慢《じまん》する。ウォームはちょっと鳴いてしまった。ワグは何も言わないけれど、さっきまでうれしそうに高々と上げていた尻《しっ》尾《ぽ》がうなだれている。パウンスは怒《いか》りを隠《かく》さず、シャープに組みついて地面におし倒《たお》そうとする。二度やり返された後にょうやく成功していた。

ぼくはそんな中をすりぬけて、尻尾《しっぽ》も鼻先も高くたもったまま父さんに近づく。でも父さんの前まで来ると、尻尾《しっぽ》は石のように垂《た》れてしまう。勇気を出すためにいったん引き返してウォームを連れてこようかと思ったけれど、仔《こ》どもでも自分の力でやりとげなければならないことがある。

父さんが目の前にいる。灰色《はいいろ》と黒色だけでなく、胸元《むなもと》は金色で、肩《かた》のあたりは銀色に輝《かがや》いている。口のまわりに黒ずんだ赤色が流れている。

「息子よ」と父さんがぼくに低くうなる。「わたしの息子よ」

ぼくは尻尾《しっぽ》の上に座《すわ》りこむが、それでも尻尾《しっぽ》の動きがおさまらない。父さんの匂《にお》いをできるだけ深く、長く吸《す》いこむ。記憶《きおく》の中の母さんの匂《にお》いのとなりに、父さんの匂《にお》いを覚えこむ。父さんのためなら何だってしよう！　父さんが気に入ってくれるかなと思って、ぼくはジャンプしたり、くるくる回ったり、キャンキャン吠《ほ》えながら尻尾《しっぽ》をふったりする。

「父さん！　ぼくの父さん！」

ぼくは父さんについた赤色の匂《にお》いを嗅《か》ぐことをやめられない。その匂《にお》いを嗅《か》いでいると、母さんのミルクと同じでお腹《なか》が空《す》いてくる。だけどこれは初めて嗅《か》ぐ匂《にお》いだ。もっとぜいたくな匂《にお》いがする。がまんできない。父さんのあごに鼻をすりよせる。父さんの顔をなめてみる。父さんはぼくのほうに体をよせて、口を大きく開けた。

赤くてやわらかそうな大きな塊《かたま》りが、父さんの口から出てきた。湯気が立っている。これまでに嗅《か》いだことのない匂《にお》いがする。でも父さんはそれをぼくにくれた。

嗅《か》ぐの？　匂《にお》いを嗅《か》げばいいんだね！

嗅《か》げば嗅《か》ぐほど好きになる。塊《かたま》りに鼻を突《つ》っこみ、体にこすりつける。母さんが他のきょうだいたちをよび、顔を下げてみんなに口元をなめさせる。母さんも口から赤い塊《かたま》りを吐《は》き出《だ》した。母さんはワグとパウンスをおしてその塊《かたま》りに近づける。叔母《おば》のソングが同じことをシャープとウォームにしている。ぼくには父さんにもらった塊《かたま》りがある。

ぴちゃぴちゃぴちゃ。

やわらかくて、とてもおいしい。ミルクみたいに甘《あま》くないけれど、あまりのおいしさに尻尾《しっぽ》が揺《ゆ》れて止まらない。

少しかじってみようか。かじってみる。

ぶあつくて嚙《か》みごたえがある。

がじ、がじ、ごくん。ごくん。あぁ……。

他のきょうだいたちもかぶりつく。みんな尻尾《しっぽ》が揺《ゆ》れている。目まいがするほどお腹《なか》がいっぱいになるまで食べた。そして父さんが落とす影《かげ》の中で体を丸めていると、やがて眠気《ねむけ》に襲《おそ》われる。父さんは自分の足元にぼくがうまくおさまるよう、鼻で調整してくれた。

「エルクだ」と父さんが言う。「群《む》れの命の源《みなもと》だ」

見《み》張《は》り

夏の間、群《む》れで狩《か》りをする。みんなが狩《か》りに出ている間は、グラウルがぼくたちのめんどうを見てくれる。みんながもどってくると、全員に行きわたるだけのエルクの肉の塊《かたま》りが湯気を立てる。そして何より、遠吠《とおぼ》えが始まる。父さんが最初に吠《ほ》えて、母さんが続き、ソングも吠《ほ》える。それを聞くとぼくの毛は逆立《さかだ》ち、尻尾《しっぽ》が揺《ゆ》れる。ぼくたちもいっしょに吠《ほ》える。みんな自分が一番大きな声で吠《ほ》えようと、父さんの真似《まね》をして首を上に向け精《せい》いっぱいにのばす。そして深く息を吸《す》って胸《むね》にため、一番長く、一番大きく吠《ほ》えようと張《は》り切《き》る。大きな声でもやさしい声でも、長くても短くても、遠吠《とおぼ》えをすることでぼくたちは群《む》れとなる。ぼくたちみんなで一つの群《む》れ、そしてここはぼくたちのなわばりなんだ。ぼくたちの声が山にこだまする。オオカミの星まで届《とど》けとみんなで吠《ほ》える。清らかな水のように、みんなの声が体じゅうにしみわたる。

　最後にグラウルが、悲しげなむせび鳴きを低く響《ひび》かせる。グラウルはリー

ダーである父さんにしたがうオオカミで、ぼくたちの取っ組み合いの先生でもある。グラウルがいることで群《む》れは平穏《へいおん》に暮《く》らすことができている。

夏の終わりに草原が金色に輝《かがや》く頃《ころ》、ぼくはグラウルより速く走れるようになった。初霜《はつしも》が下りる頃《ころ》には、ぼくが前脚《まえあし》で地面を蹴《け》り、肩《かた》の毛を逆立《さかだ》てると、グラウルは尻尾《しっぽ》を垂《た》れるようになった。

シャープはぼくがどんなにがんばっても、ぼくの前ではぜったいに尻尾《しっぽ》を垂《た》らさない。シャープとは毎日取っ組み合いをしているけれど、捕《つか》まえたと思ってもすぐにすりぬけてしまう。ぼくはシャープより遠くまで走ることができるし、長く遠吠《とおぼ》えをすることもできる。誰《だれ》よりもたくさんの肉を飲みこめる。それでもシャープのほうが背《せ》が高く、体重も重い。声も大きくて、力も強い。速く走ること以外、シャープには勝てない。母さんはぼくががんばっているのを見て、眠《ねむ》る前によぶんになめてくれる。

「リーダーは群《む》れのために獲物《えもの》を捕《と》ってくるのよ」と母さんは言う。「大事なのはそれだけ」

だからその年初めての雪が降《ふ》った日、ぼくは落ちてくる雪片《せっぺん》に飛びついたり、きょうだいたちといっしょになって凍《こお》った水たまりの上を滑《すべ》って遊んだりせず、獲物《えもの》を見張《みは》る場所まで父さんといっしょに走った。置いていかれないよう、必死に走った。日を追うごとに自分が強くなっていくのが分かった。なわばりの中を流れる小川のそばの平らな岩に到着《とうちゃく》し、ぼくは父さんの足元に座《すわ》りこむ。父さんは山の斜面《しゃめん》に目をやる。ぼくは山の斜面《しゃめん》をながめている父さんを見上げる。

父さんはクーガーの遠吠《とおぼ》えや、コヨーテの甲高《かんだか》い鳴き声、騒々《そうぞう》しいカラスの鳴き声に耳を傾《かたむ》けている。

父さんは流れる水や、水しぶきの音、熊《くま》が怒《おこ》って吠《ほ》える声、サケが跳《は》ねて水面や川岸の岩にぶつかる音に

耳を澄《す》ます。熊《くま》はいつまでも満足げにサケを裂《さ》いて食べている。そんな音を聞いている父さんのようすに、ぼくは耳を澄《す》ます。

オレンジ色のお腹《なか》をしたリスが、木の根元から別の木の根元に向かって走る。すばしっこいけれど、ぼくのほうが速いな。

「あれを捕《つか》まえてもいい、父さん？」ぼくはいつでも跳《と》び出《だ》せるように姿勢《しせい》を低くする。

「捕《つか》まえられるのか？」

ぼくは力いっぱいに跳《と》びかかった。リスはその瞬間《しゅんかん》に木の裏側《うらがわ》に回りこみ、ぼくは木の幹《みき》にぶつかってしまう。幹《みき》をずり落ちるぼくを尻目《しりめ》に、リスは高いところへ、さらに高いところへと登っていく。そして枝《えだ》から枝《えだ》へ、鳥のように軽やかに行ってしまった。ぼくは体をふって木のくずをはらう。

父さんはそんなぼくを見ても笑わない。でも尻尾《しっぽ》が少し揺《ゆ》れている。

ぼくは座《すわ》り直《なお》して、山のようすを見ている父さんを見ていることにした。

風が吹《ふ》いている。鳥たちが鳴き声を交わしている。

「あそこ！　父さん！　ほら、あそこ！」

脚《あし》の短いイタチか何かが、ぼくたちの下の川をわたろうとしている。夜のように黒く、首から尻尾《しっぽ》にかけて太い白い線が入っていて、鼻のあたりにも細く白い線がある。ぽっちゃりしていて、おいしそうだ。

「あれなら捕《と》れるよ。ぜったいに」

ぼくは跳《と》びかかる準備《じゅんび》をする。二度も跳《と》べば捕《つか》まえられるはずだ。父さんはぼくの肩《かた》に足を置き、地面におさえつけた。

「白いものを食べることについて、母さんはなんて言ってた？」

「ホワイトベリーとか――」とぼくは父さんの足の下から逃《のが》れようともがきながら答える。「ホワイトマッシュルームとか、ぜったいに手を出したらいけないって。なめてもダメだって言ってました」

ぼくは体をちぢこめたり引《ひ》っ張《ぱ》ったりするのだけれど、父さんは離《はな》してくれない。ぼくがもがいているのをだまって見ている。ぼくがどれだけがんばっても、父さんは少しも疲《つか》れていない。ぼくは息が上がって苦しくなってきたけれど、それでも体をあっちに動かしたりこっちによじったりして、やっとのことで仰向《あおむ》けに寝転《ねころ》がり、父さんに首を見せた。

やっと離《はな》してくれた。

ぼくは急いで立ち上がり、獲物《えもの》に鼻先を向けた。「あれはベリーじゃない。マッシュルームでもない。動いてる！」

「そうだ。動いてるだろ。こっちに丸見えなのに。わたしたちに白い線を見せつけて、ぜんぜん怖《こわ》がっていない。あの生き物を見てお前はどう思う？」

ぼくは鼻と尻尾《しっぽ》を低く下げた。

「毒？」

「毒なんてもんじゃない」

ぼくは再《ふたた》び地面に寝転《ねころ》がり、足の上にあごを乗せる。

「でも捕《つか》まえられるよ。ひとりでだいじょうぶ」

「なめてもダメだって言われたんだろ」

ぼくは父さんを見上げた。今度も小さく尻尾《しっぽ》をふるだけで、ぼくのことを笑ったりしていない。ぼくはイタチのような生き物が通っていったところに行って、指が五つある足跡《あしあと》を確《たし》かめた。お昼ご飯になりそこねた生き物は、ぼくをからかうようにゆっくりとぎこちなく、森の中に消えていった。泣きたい気分だったけど、ぐっとこらえ、尻尾《しっぽ》をぴんと持ち上げた。誰《だれ》が食べたいって言った？　言ってないからね。

父さんのとなりに座《すわ》り、さらにながめる。影《かげ》が長くなり、それでも父さんはまだながめている。他のきょうだいたちはみんな一日じゅう遊んでいたが、父さんはずっとながめている。ぼくの尻尾《しっぽ》はすっかりおとなしくなっていた。それでも父さんといっしょに今もながめている。

川の落差のあるあたりから、何やら騒々《そうぞう》しい物音が聞こえてきた。黒い鼻の先が見えたと思ったら、びっくりするほど毛並《けなみ》がぼさぼさのイタチがあらわれた。長い毛は硬《かた》そうで、四方八方にうねうねと波打っている。さっきの生き物よりさらに歩くのがおそい。これなら捕《つか》まえられる。ぼくは父さんのほうを見た。姿勢《しせい》を低くしていないということは、捕《つか》まえるつもりはないのだろう。

父さんはぼくを見ている。

「あれはおいしいの？」

「おそらくな」

ぼさぼさのイタチは松の木のところまで歩いていくと、皮をかじり始めた。びっしり生えたごわごわの毛は先端《せんたん》が銀色に近い灰色《はいいろ》で、根本は黒い。

「毒はある？」

「いや」。父さんは尻尾《しっぽ》をふる――ほんの少しだけ。

こんなに近くで見ているぼくたちの匂《にお》いに気づいていないのかなと思い、小さく吠《ほ》えてみた。ぼさぼさのイタチはふり向きはしたものの、逃《に》げようとしない。アナグマやクズリは大きくないけど、気をつけなさいと母さんが言っていた。

「ぼくたちを狩《か》りに来る？」

「大人のオオカミを狩《か》りに来るのは人間だけだ」

「あんなに小さいのに、どうして逃《に》げようとしないのかな」

「ヤマアラシは何を見ても逃《に》げたり歯向かったりしないんだ」

「それならぼくが一発で仕留《しと》めちゃうよ。あんなにゆっくりなんだもの」

「一度でもヤマアラシに取っ組み合いを挑《いど》んでみろ、その後いつまでもヤマアラシの前で頭が上がらなくなるぞ」

あんな生き物の前で頭を上げられないなんて、ぜったいにごめんだ。ヤマアラシだか何だか知らないけれど、のろのろとぎこちなく松の木に登っていくのをぼくはながめていた。りっぱなところも強そうなところも、ずるがしこそうなところも何にも感じられない。シャープに取っ組み合いをさせてみよう。そしたらぼくはヤマアラシがどんなものか分かるし、シャープはずっと頭を下げていなくちゃならないことになる。

　風がやんで、太陽の位置がさらに低くなる。カラスがやって来た。カラスたちは父さんの頭上で旋回《せんかい》してから、広い草原に向かって飛んでいく。そしてもどってきたカラスたちに向かって、父さんが低くうなる。まるで何か話しているみたいだ。カラスたちはまた父さんの頭のすぐ上まで舞《ま》い降《お》りてきた。あんまり近くで飛ぶから、長くて黒いカラスの翼《つばさ》の先端《せんたん》が、父さんの肩《かた》の毛をなびかせる。カラスたちは再《ふたた》び舞《ま》い上《あ》がり、草原のほうに飛んでいった。

「あそこだ！」父さんはカラスたちが飛んでいるあたりの下の開けたところを鼻で示《しめ》す。草原と、山の斜面《しゃめん》の木やシダの茂《しげ》みが交

わるあたり。父さんが示《しめ》したほうをぼくも見るけど、何も見えない。父さんは母さんとソングをよんだ。頭を高くして匂《にお》いを嗅《か》ぐと、ぼくにもかすかに分かった――母ジカと仔《こ》ジカだ。母さんとソングが走ってきて父さんのとなりに立つ。

ぼくはずっと見ていた。音も立てずに素早《すばや》く近づいて、突撃《とつげき》だ。風の向き。父さんが二頭の鹿《しか》たちの前に回りこみ、親子が方向転換《ほうこうてんかん》すると、その先には母さんとソングの牙《きば》が待っている。ぼくも頭の中でいっしょに追いかけ、走り回り、跳《は》ね回《まわ》った。ぼくもいつか自分の群《む》れのために獲物《えもの》を捕《と》って帰るんだ。やるぞ。誰《だれ》よりもうまく。

ぼくは毎日、父さんが狩《か》りをするのを見た。二年目に入ってからも、見て学んだ。そして覚えた。走った。毛をなびかせる風を感じて、故郷《ふるさと》に生える甘《あま》い匂《にお》いの草ややわらかな芝《しば》を足の裏《うら》に感じながら走った。ウォームがぼくの後について走ることもあった。ウォームを相手に狩《か》りの練習もした。忍《しの》びよったり、追いかけたり、跳《と》びかかったりする練習をした。ウォームはリーダーにしたがうメンバーとして申し分がない。ぼくなんかよりよっぽど適格《てきかく》だ。ぼくはリーダーになるんだ。なれる気がする。

ライバル

二度目の夏の暖《あたた》かな日々が終わる頃《ころ》、母さんはパウンスとワグに巣穴《すあな》のつくり方を教えることになった。ぼくは出かけていく母さんたちを見送った。頭にはヤマアラシのことがあった。チャンスだ。

「ねえ、シャープ。獲物《えもの》を見つけたんだ」

「エルクか？」

「もっといいものだよ」

「エルクじゃないなら興味《きょうみ》はないな」

「それならウォームと行ってくるからいいよ」。ぼくは尻尾《しっぽ》を高く上げたまま向きを変え、ウォームといっしょに出かけるふりをした。

「ふり向くんじゃないぞ」とぼくは声をひそめて言う。

走ってくる足音が聞こえた。そして素早《すばや》くかける音が二つしたと思ったら、跳《と》びかかってきた。ぼくは横に転がる。シャープは地面に落ちる。これ

だからやめられない。だけど喜びは束の間だ。うなり声が聞こえたと思う間もなく噛《か》みつかれ、地面に組みふせられた。

「俺《おれ》を置いてどこにいく気だ？」

ぼくはもがいて体をひねったりおしたりするけれど、組みふせられたままぬけ出せない。くやしいけれど息をみだしながらシャープに喉《のど》を見せて、離《はな》してもらう。

「スウィフトとぼくは大きい兄ちゃんがいなくても狩《か》りができるんだよ」とウォームが言う。尻尾《しっぽ》が揺《ゆ》れるのをおさえるために座《すわ》りこんでいる。

「へん、無理に決まってるだろ」とシャープが言う。「こいつは俺《おれ》に勝てないからな」

計画していた以上にうまくいっている。

「見張《みは》り場の向こうの――」とぼくが言う。「松林の近くだよ」

シャープが先頭に立って、えらそうに走り出す。ぼくとウォームは少し離《はな》れてついていく。尻尾《しっぽ》が揺《ゆ》れてしょうがない。父さんがいつも山をながめているところまで来ると、ぼくたちは同時にその音を聞きつける。カラスだ。雲がわき立つみたいに群《む》れている。広がる草原に目を向けると、カラスが飛んでいるさらに上空をハゲワシが舞《ま》っていた。誰《だれ》かが獲物《えもの》をしとめたんだ。でも今日は父さんも母さんも狩《か》りに出ていない。鳥たちの群《む》れの下を見ると、オオカミだ。しかもたくさん。

「言いに行かなきゃ――」

ウォームは言い終わらないうちにもういなくなっている。あっという間に母さんがぼくのそばに来た。見ている。その場でそわそわと歩くのをやめない。

「もう行く？」とウォームがきく。「ここにいないほうがいいんじゃない？」

草原のオオカミはどんどん増《ふ》えているようだ。気持ちがしずんでいく。母さんがぼくを見る。琥珀色《こはくいろ》の眼《め》で見つめられて、ぼくは目をそらせない。姿勢《しせい》を正す。ぼくの両どなりにはそれぞれパウンスとワグが立っている。ぼくたちより頭一つ分だけ高いシャープも、しゃんと立っている。ぼくはウォームの体を軽くおしてちゃんと立たせる。

「群《む》れにはそれぞれ山があるの」と母さんが始める。

「そして山にはそれぞれ群《む》れがいる」とぼくたちは続ける。

「みんな自分を見なさい――もうすっかり大きくなったでしょ。どうして母さんがあんなオオカミたちにおびえないといけないと思うの？　ここにいなさい。お父さんとお母さんとで、なわばりにマーキングしてくるから」

父さんと母さんはいっしょにかけ出し、ぼくたちのなわばりの境界《きょうかい》に立つ木におしっこをかけてマーキングをしていった。それより中に入ろうとする者に対するメッセージだ。父さんと母さんがもどってくると、どこまでも遠く届《とど》けとみんなで吠《ほ》えた――ものすごい遠吠《とおぼ》えだ！　大きな声がいつまでも長く夜に響《ひび》いていた。ぼくたちはよそ者のオオカミの群《む》れを、この歌で退散《たいさん》させた。この冬初めての強い冷気が、ぼくたちの山から下りてきた日のことだった。

それから数日が経《た》ち、黄色や茶色の葉っぱがふかふかと地面につもり、体に突《つ》き刺《さ》さるような冷たい風が吹《ふ》き、ぼくたちの小川が銀色に輝《かがや》き、川べりがつるつると滑《すべ》りやすくなった頃《ころ》、父さんがぼくたちを初めて狩《か》りに連れて行ってくれた。これまでは、みんなの後についていって、大人たちがエルクを持ってくるのを森の中で息をひそめて待っているだけだった。狩《か》りに参加した者が最初に食べて、ぼくたちはその後で、分け前にありつくためにその残骸《ざんがい》に群《むら》がるのだ。

「来るんだ」と父さんが言う。「わたしたちの数は増《ふ》えたが、エルクは少なくなってきている」

父さんを先頭に、ぼくたちは岩がむき出しの尾根《おね》にはさまれて広く開けた草原を目指す。氷におおわれた小川が流れている。風下に陣取《じんど》る。ここなら獲物《えもの》に匂《にお》いを嗅《か》ぎつけられることがない。

「まず連中を走らせるんだ。そうすればつまずくやつが出てくる」と父さんが教えてくれる。「獲物《えもの》の群《む》れに向かって日が昇《のぼ》る側を父さんがシャープとワグを連れて走る。母さんとソングとパウンスは反対側を走るんだ」

ぼくの尻尾《しっぽ》が地面に垂《た》れる。父さんは今日の狩《か》りにぼくを必要としていないんだ。獲物《えもの》を仕留《しと》められないオオカミはリーダーになれない。

「ウォーム、お前は高台にいて、やつらが川の上流に向かって逃《に》げるのを防《ふせ》ぐんだ」と父さんが指示《しじ》を出す。

ウォームはほこらしげに、金色に輝《かがや》く灰色《はいいろ》の毛を逆立《さかだ》てる。簡単《かんたん》な仕事だ。エルクは上流よりもむしろ下流に向かって走る習性《しゅうせい》がある。それでも群《む》れの役には立つ。

「スウィフト、お前はみんなの前を走れ。低地はまかせたぞ。連中を山の上のほうに追いこんでくれ。方《ほう》向転換《こうてんかん》すればするほどつまずきやすくなる」

　はいっ！　甲高《かんだか》く吠《ほ》えたい気持ちをがまんする。だけど尻尾《しっぽ》はずっと揺《ゆ》れっぱなしだった。ぼくは群《む》れの誰《だれ》よりも速く走ることができる。みんな知っていることだ。ぼくはシャープに肩《かた》をぶっつけ、耳を噛《か》んでそのことを伝えた。後で仕返しされるだろうけど、かまうもんか。これはチャンスなんだ。この狩《か》りでシャープよりいい働きをすれば、二度とぼくを踏《ふ》みつけたりしないだろう。ウォームのことも踏《ふ》んづけたりさせない。

　父さんがぼくたちを鼻でおして、雪におおわれた草原の中、それぞれの持ち場につかせる。何も知らないエルクが草を食《は》んでいる。冷たい風が強く吹《ふ》きつける。これから始まる狩《か》りへの思いが、体の中で炎《ほのお》のように燃《も》えさかる。家族のために獲物《えもの》を捕《つか》まえるのはぼくだ。

　ぼくは木の陰《かげ》に身をひそめ、父さんの合図を待つ。これまで見てきたどの狩《か》りでも、風のように一気に獲物《えもの》に近づいて成功させていた。

　すると、父さんからの合図がないのに、シャープが甲高《かんだか》い鳴き声を上げながら草原に飛び出した。獲物《えもの》たちがいっせいにシャープのほうを向く。

「行け！」と父さんがぼくにうなる。

しかるにはもうおそい。成功も失敗《しっぱい》も、みんなで一つの群《む》れなんだ。ぼくは怒《いか》りにまかせて飛び出した。初めての狩《か》りで失敗《しっぱい》するなんてぜったいに嫌《いや》だ。肩《かた》で雪を切《き》り裂《さ》くように走る。ウォームは向きを変えて山をかけ上がる。そこなら危険《きけん》がおよぶことはない。母さんはソングたちを引き連れて、獲物《えもの》の群《む》れに対して手前側から攻《せ》める。父さんたちは反対側を走る。ぼくも力いっぱい走った。もっと速く。山をかけ下りる。

シャープが、追いつきそうな最初のエルクに跳《と》びかかっているのが見えた。失敗《しっぱい》。シャープはやっぱりまだ幼《おさな》く、やろうとしていることは結局は取っ組み合いで、短気な性格《せいかく》はどうしようもなかった。丸一日かかるかもしれないけれど、後でぼくがシャープを組みふせてやろう。シャープは、狙《ねら》いを定めたエルクがつまずくかどうかも確認《かくにん》していない。父さんはエルクの脚《あし》だけを見ている。他は見ていない。どれか一頭のエルクの走るペースがみだれたのを見つけ、そのエルクに狙《ねら》いを定めてとどめを刺《さ》しにいくのだ。

エルクは深い雪の中を全速力で逃《に》げ回《まわ》る。パニックに襲《おそ》われたエルクたちの甲高《かんだか》い鳴き声が、あたりに響《ひび》きわたる。ぼくも懸命《けんめい》に走ってその先頭に追いつ

き、方向転換《ほうこうてんかん》させて再《ふたた》び山の上に向かって走らせる。

先頭を走っていたエルクがぼくを見てひるむと、二頭目もそれに続き、他のエルクたちの足取りもみだれた。父さんとグラウルがぼくの後ろを走ってくるのが足音で分かる。いくつもの走る脚《あし》の間から、母さんとソングの姿《すがた》も見えた。何本にも枝分《えだわ》かれした角を持った大きなエルクが、ものすごい勢《いきお》いで脇《わき》を走りぬけていく。ぼくはそのエルクをそのまま行かせた。捕《つか》まえるにはあまりに見事な生き物だ。ぼくは残ったエルクたちを方向転換《ほうこうてんかん》させ、それから後もどりしてまた方向転換《ほうこうてんかん》させる。

シャープは失敗《しっぱい》から立ち直っていた。跳《は》ねるように父さんのすぐ後ろを走っている。次に方向転換《ほうこうてんかん》した時、一頭のエルクがつまずいたのを父さんは見逃《みのが》さなかった。父さんはそのエルクの喉《のど》を目がけて跳《と》びかかる。ぼくは他のエルクたちをそのまま逃《にが》してやった。

父さんの牙《きば》が、黒く毛深いエルクの首に深々と食いこんでいる。ぼくも成功を満喫《まんきつ》できる。父さんの手伝《てつだ》いをしようと思ってかけよるが、シャープに何歩も先をこされた。シャープはエルクの肩《かた》に跳《と》びかかり、首の盛《も》り上《あ》がった部分に牙《きば》をしずめる。シャープのその一撃《いちげき》で、父さんは力をゆるめた。母さんやソングも間に合わなかった。ぼくが跳《と》びかかる前にエルクは死んでいた。

「よくやったぞ」と父さんはシャープに声をかける。

ぼくたちは仕留《しと》めたエルクを取り囲み、深く息を吸《す》いこむ。ぼくたちを生かしてくれる命に感謝《かんしゃ》する。「誰《だれ》もが食べ、そして食べられるんだ」。ぼくたちが幼《おさな》かった頃《ころ》、グラウルがよくそう言っていた。だからぼくたちは、今回は自分たちが食べるほうに回れたことに感謝《かんしゃ》する。それからみんな少し下がって、まずは父さんと母さんが食べる。ぼくたちははげしく息をしながら、新鮮《しんせん》な肉の匂《にお》いに歓喜《かんき》の声をあげる。次に肉にありつくのはいつもソングで、それからぼくたち、そしてグラウルだ。でも今日は、父さんはソングよりも先にシャープを肉のところに連れていった。そしてシャープがおいしいところを全部食べてしまうのを、何も言わずに見ていた。ぼくの番が回ってきた時にはせいぜい一口分と、後は骨《ほね》ぐらいしか残っていなかった。ぼくは長い脚《あし》の骨《ほね》をかみくだき、内側にしゃぶりつく。お腹《なか》はいっぱいになったけれど、なっとくできないまま食事を終えた。今まで以上に、兄をこえたいと思った。日が落

ちて、ぼくたちはいつもの集合場所にもどる。食べ残した獲《え》物《もの》にはアライグマやうろついていたコヨーテが集まってくるだろう。

冬に入っても狩《か》りを続け、お腹《なか》を満たし、血にそまった雪や残骸《ざんがい》をカラスにたくす。冬の間、獲物《えもの》の群《む》れを追いこむ役をぼくは父さんから言いつかった。シャープは獲物《えもの》を仕留《しと》める父さんをサポートする役だ。ぼくは誰《だれ》よりもうまくやってのけることができたが、体格《たいかく》に勝《まさ》るのはやはりシャープだった。ぼくもシャープもまだ二歳《さい》だったが、シャープは父さんに負けないぐらい背《せ》が高く、これからもシャープのほうが先に肉にありつくのであれば、父さんに追いつくのも時間の問題だ。ぼくは獲物《えもの》を捕《と》って帰る立場にない。これから先もその役にはつけないのかもしれない。季節ばかりがめぐり、落ち着かなかった。

ぼくは父さんについて見張《みは》り場に行くのをやめた。そしていつもの集合場所とはちがう、自分だけの場所を見つけることにした。しずむ太陽のほうを向き、一帯に広がる草原をながめる。エルクや牛や羊の群《む》れが見える。ウォームがやって来て、ぼくのあごの下に体を丸める。ぼくの心臓《しんぞう》の鼓動《こどう》とウォームの心臓《しんぞう》の鼓動《こどう》が重なる。ここはぼくの故郷《ふるさと》だ。小川も木立も、みんな大好きだ。でも勝つのはいつもシャープ

だ。ぼくはシャープの言いなりになるオオカミにはなりたくない。

「どこかに行くんだったらぼくも連れてって」とウォームが言う。

うなり声で答える。分かった、と言ったわけではない。ダメだ、と言ったわけでもない。ウォームの耳をなめてやる。いつもシャープとパウンスに噛《か》みつかれているところだ。もうすぐまた夏になる。そうすれば二歳《さい》の年が終わる。母さんは月が一巡《いちじゅん》する間、ずっと巣穴《すあな》の中から出てこない。グラウルも以前より元気がなく、仔《こ》オオカミのように餌《えさ》をあたえてもらわないといけなくなった。群《む》れはぼくを必要としている。どこかに行くわけにはいかない。

「どこにでもついていくから」とウォームは言う。

対決

最後まで残っていた雪もとけ、夏の太陽がゆっくりと空をわたるようになると、巣穴《すあな》から新しい仔《こ》オオカミたちが飛び出してきた。小さなコオロギを見つけては跳《と》びかかり、ヤマスズメを見かけては歌いかける。そんなようすを見ていると楽しくて、いつもよりなわばりの警戒《けいかい》がおろそかになる。

夏になって初めての満月の夜、みんなで巣穴《すあな》に集まって、仔《こ》オオカミたちに口移《くちうつ》しでエルクの肉を食べさせた。仔《こ》オオカミたちはみんな尻尾《しっぽ》をふって、小さな口でうれしそうに食べている。母さんはほこらしげにそれを見守り、ウォームはその中心にいて、寝《ね》っ転《ころ》がったり取っ組み合ったり、いつも、いつ見ても、みんなちゃんといることを確《たし》かめるように仔《こ》オオカミたちの周りを歩き回っている。

カラスたちもやって来て、あんまり美しいとは言えない声でわめきながら、リーダーのカラスの機嫌《きげん》をうかがっている。カラスたちは落ちている肉片《にくへん》を見つけては突《つ》っつきにくる。骨《ほね》を放り上げてやると、それに向かって急《きゅう》降下《こうか》してくる。オオカミのいつもの暮《く》らしだ。

仔《こ》オオカミの中に、すでにぼくのお気に入りの一頭がいる。体がこげ茶色で尻尾《しっぽ》の先端《せんたん》が黒く、おねえちゃんオオカミに踏《ふ》まれてばかりいる。ぼくはやっつけられているのを見ると、低くうなり、ちゃんと立つように言っている。肉にもありつけるように面倒《めんどう》を見ている。

周囲の音にしっかり注意していなければいけなかった。ぼくだけじゃなく、みんなが。

最初にその臭《にお》いを嗅《か》ぎつけたのはウォームだった。ウォームは警告《けいこく》の鳴き声をあげた。みんなの頭がふり返る。耳が前に後ろにせわしなく動く。カラスのリーダーが鋭《するど》く一声あげ、他のカラスたちが静まり返る。そしていっせいに飛び立ち、いなくなった。

ただならぬ事態《じたい》が起きようとしていた。

山からもやが立ち上り、音をくぐもらせ、視界《しかい》をさえぎる。母さんが立ち上がり、仔《こ》オオカミたちは母さんの後ろで体をよせ合って震《ふる》えている。母さんが喉《のど》の奥《おく》でうなり声を低く鳴らす。ぼくは鼻先を上に向けて風向きを確《たし》かめた。夜の空気は完全によどみ、目の前に転がる肉の匂《にお》い以外、何も感じない。ソングが母さんのとなりに行き、警戒《けいかい》に立つ。鼻先から尻尾《しっぽ》まで神経を研《と》ぎ澄《す》まし、歯をむき出している。ワグとパウンスは父さんのほうを見て指示《しじ》を待つ。

森の中から敵《てき》の群《む》れが出てきた。風雨にさらされた木のように白いオオカミの一団《いちだん》だ。肩《かた》が大きく盛《も》り上《あ》がっている。たくさんいる。ぼくたちなんかあっという間に取り囲まれてしまうだろう。追っぱらわないと、このままではぼくたちも仔《こ》オオカミもみんなやられてしまう。白いオオカミの群《む》れは歯をむき出してうなっている。うなり声と、氷のような青い目つきで、「見つけた。獲物《えもの》だ」と言っているようだ。

父さんが立ち上がった。堂々としていて頼《たの》もしい。敵《てき》のオオカミのほうが数は多いけれど、なんと言っても父さんは強い。

母さんは仔《こ》オオカミたちについてくるよう声をかけ、山をかけ上がる。木々の間をぬうように走り、岩をよじ登り、小川はひとっ跳《と》びだ。仔《こ》オオカミたちも一列になって母さんについて走る。グラウルは足を引きずっていることを隠《かく》してうなり、熊《くま》にも負けない形相《ぎょうそう》で侵入者《しんにゅうしゃ》たちを威嚇《いかく》する。ぼくは敵《てき》が群《む》れで仔《こ》オオカミたちを追いかけられないよう、シャープとパウンスとワグとソングと協力して盾《たて》となる。

「お前も行け！」とぼくはウォームにさけぶ。「みんなを守るんだ！」

仔《こ》オオカミたちはまだ幼《おさな》い。でもウォームが行けばだいじょうぶだ。ウォームは向きを変えて母さんと仔《こ》オオカミたちの後を追った。夜の闇《やみ》を飛ぶフクロウのように素早《すばや》く、ひそやかに。

ぼくたちは歯をむき出し、うなり声をあげる。怒《いか》りが強さとなって体じゅうにみなぎる。敵《てき》の体の大きさなんか関係ない。ここはぼくのなわばりだ。うばわれてたまるか。ぼくは力いっ

ぱい、よそ者のオオカミに跳《と》びかかった。相手も踏《ふ》ん張《ば》る。ぼくがもう一度後ろ足で立ちあがったところに、相手がぶつかってくる。脚《あし》に噛《か》みついてやった。相手はぼくの耳を噛《か》みちぎろうとする。ぼくは相手の体にしがみついて離《はな》さない。離《はな》すもんか。体をひねっていると、骨《ほね》の折れる音がした。相手はきゃんと鳴いて崩《くず》れ落《お》ち、這《ほ》う這《ほ》うの体《てい》で逃《に》げていった。ぼくはそれ以上は追いかけなかった。

父さんが囲まれている。体当たりを受け、噛《か》みつかれている。赤いものが流れ出る。敵《てき》のリーダーは父さんほど大きくないが、獰猛《どうもう》だ。敵《てき》のオオカミたちは耳に切れこみがあり、敵意《てきい》をむき出しにしている。ぼくたちは、ぼくたちがエルクの群《む》れを取り囲むみたいに囲まれてしまった。連中は弱いオオカミを探《さが》している。恐怖心《きょうふしん》をうかべた一頭を探《さが》している。グラウルがすでに地面に倒《たお》れていた。腰《こし》がよじれていて、脚《あし》は動いていない。連中は父さんを目がけていっせいに突《つ》っこんできた。ぼくたちはそこに跳《と》びこみ、相手の勢力《せいりょく》を引《ひ》き離《はな》しにかかる。小さい二頭を倒《たお》したが、相手の数が多すぎる。

敵《てき》のオオカミの一頭が戦いの場からぬけ出し、地面の匂《にお》いを嗅《か》いでいる。仔《こ》オオカミたちの匂《にお》いが見つかったらまずい。ぼくはそいつの後を追った。白いオオカミは筋肉《きんにく》のよろいを着ているみたいだ。勝てないかもしれない。でもぼくの家族から引《ひ》き離《はな》すことはできる。ぼくは弱々しく鳴いてみせた。簡単《かんたん》な相手だと思わせるためだ。母さんは山の上に走っていった。だからぼくは下を目指した。大きく方向を変え、いつもの小川を飛びこえる。敵《てき》のオオカミもついてきた。

走りながらも、みんなが戦っているようすが目に入る。父さんが踏《ふ》ん張《ば》っている。シャープが鳴いている。脚《あし》を引きずりながら巣穴《すあな》を目指していた。白いオオカミに見つかったら捕《つか》まってしまうだろう。ぼくたちも狩《か》りの時は脚《あし》を怪我《けが》したエルクを狙《ねら》うが、それと同じだ。うまく隠《かく》れてほしい。あきらめちゃダメだ。

　ぼくはパウンスにいじめられた時のウォームみたいに、尻尾《しっぽ》を低く垂《た》らして鳴き声をあげる。シャープのいるところに近づいてしまわないよう、走る方向を変える。白いオオカミもついてくる。シャープには気づかなかったようだ。敵《てき》のオオカミも速かったが、ここはぼくのなわばりだ。平坦《へいたん》で足場のしっかりした場所も、アナグマの巣穴《すあな》やアリ塚《づか》を跳《と》びこえないといけないところも、全部知っている。戦うことになったらやっかいそうな相手だけど、やれるはずだ。

　一番険《けわ》しい岩場を選んで走った。それでもついてくる。後《うし》ろ脚《あし》に息づかいを感じるほど、すぐ後ろにせまってきている。目の前に咬《か》みつき蟻《あり》のアリ塚《づか》が見えたので、ぼくはさっと横に飛びのいた。しかし相手も足取りをみだすことすらなく、うまく切りぬけたようだ。頭を下げて低い灌木《かんぼく》の下をくぐり、木々を左右にかわす。どう切り返して走っても追いかけてくる。うなり声をあげ、ぼくの尻尾《しっぽ》に噛《か》みつこうと襲《おそ》ってくる。川が大きく曲がって淵《ふち》になったところに跳《と》びこんだ。相手が岩で足を滑《すべ》らせれば、頭を水中におさえつけてそのまましずめてやることができる。月の光がぼくの体を照らす。敵《てき》は川のようすを確《たし》かめて、一気に跳《と》びこえてきた。

　必死の思いで、去年の夏に火事があったところに向かう。焼け落ちて倒《たお》れた木はどれもこれも黒こげで、サンザシの茂《しげ》みのように入り組んでいる。絡《から》み合《あ》う立木の中に跳《と》びこむ。黒こげの小枝《こえだ》が毛に絡《から》まって折れる。進路を変えながらあちこち走り、光も届《とど》かない隙間《すきま》にもぐりこむ。白いオオカミは入ってこら

れない。ぼくは身をよじってぬけ出し、細い倒木《とうぼく》の上を走る。倒木《とうぼく》だらけのところを出ると、その先はずっと広がる草原だ。勇気をふりしぼり、草原めがけてジャンプする。

白いオオカミも倒木《とうぼく》の上を走ってくる。そして同じようにジャンプしようと姿勢《しせい》を低くしたところで倒木《とうぼく》が折れた。白いオオカミはバランスを崩《くず》して甲高《かんだか》く鳴き声をあげ、折れた倒木《とうぼく》のとがったところに仰向《あおむ》けに落ちた。重そうな音を立てて落ちると、ぴくりとも動かなくなった。

よしっ！　ぼくは跳《と》び上《あ》がって喜んだ。勝ったぞ。やったんだ。

ぼくは来た道を急いで引き返す。また別のオオカミを引《ひ》き離《はな》し、その後はまた別のオオカミだ。やつらが優勢《ゆうせい》なのは数が多いからだ。ぼくがみんなを助けるんだ。家族を守るのがリーダーだ。それだけが唯一《ゆいいつ》、獲物《えもの》を捕《と》ってくる以上に大切なことだ。

半分までもどった時、風に乗って、ぼくのなわばりの奥深《おくぶか》いところから、聞こえてきた。父さんの最期《さいご》の遠吠《とおぼ》えだ。どんな動物も、最期《さいご》の時には最後の歌を歌う。おとなしいウサギも最期《さいご》にはさけぶ。

父さんの歌は、短く、甲高《かんだか》かった。岩に跳《は》ね返《かえ》ってこだまする。

「走れ、あきらめるな、生きるんだ……」

全身の毛が逆立《さかだ》った。ぼくは頭を高く上げた。最後に、本当にこれで最後となる父さんの匂《にお》いを嗅《か》ぐために。でもぼくは遠く離《はな》れてきてしまっていたので、ぼくの鼻がとらえるのは敵《てき》のオオカミの臭《にお》いだけだった。聞こえるのは敵《てき》の群《む》れのさけび声ばかりで、父さんの歌はやつらのさけび声にかき消されてしまった。

「勝ったぞ！　俺《おれ》たちの勝ちだ！」

ぼくは向きを変え、山の水がふもとを目指して流れるように、しずむ夕日に向かって走り出した。脚《あし》が地面を強くたたく。父さんの最期《さいご》の歌が、ぼくの鼓動《こどう》に合わせて脈を打つ。

走れ、あきらめるな、生きるんだ。

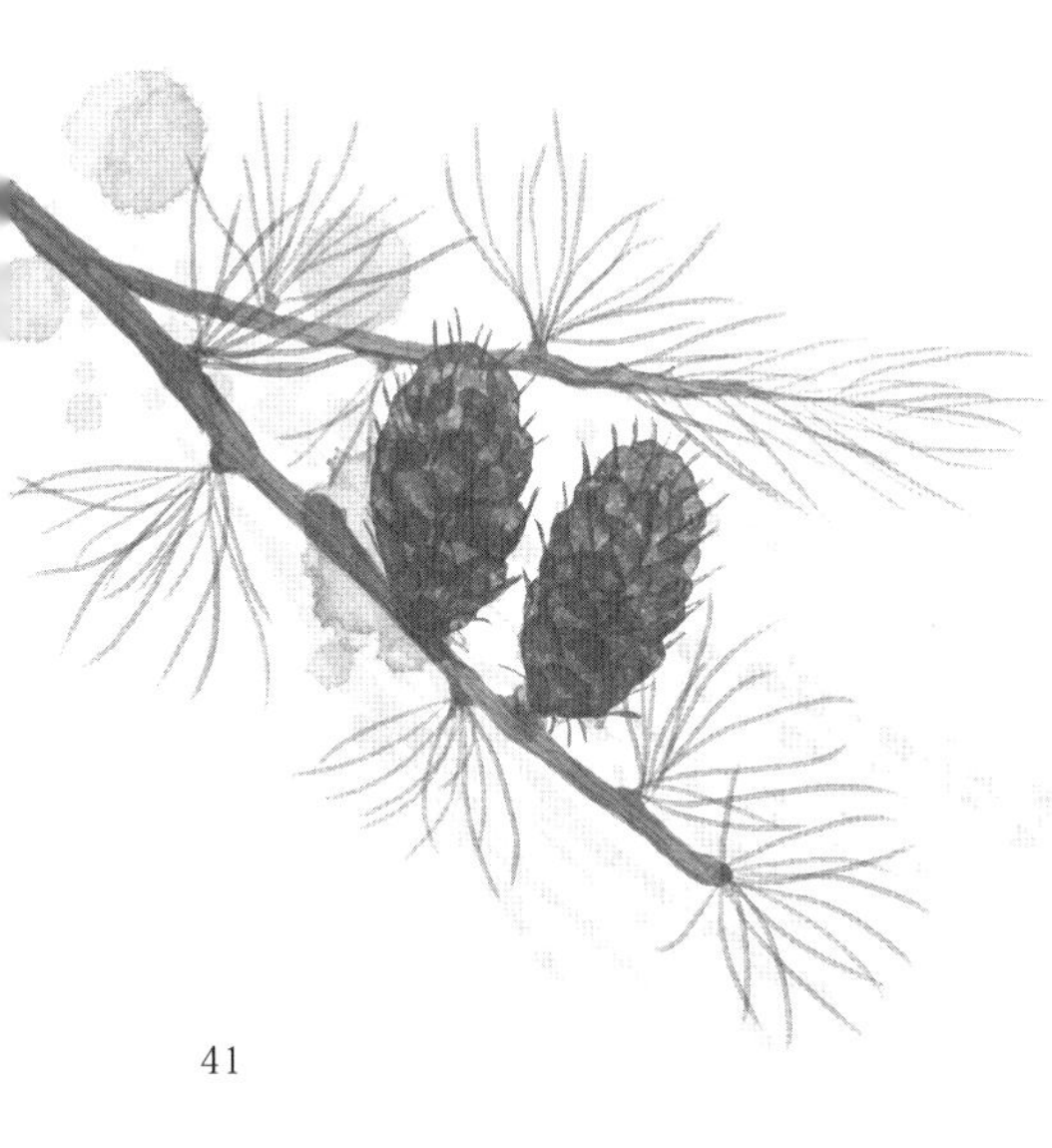

エルク

昇《のぼ》る太陽を後にして、走り続ける。ところどころに生えていた木々もやがて見えなくなった。地面はどこまでも平坦《へいたん》で、このまま走っていたら地面と空が出会うところまで行ってしまいそうだ。でも水の匂《にお》いに引きよせられるように進路を変えて、アシや低木に囲まれた浅い水たまりを目指す。危険《きけん》がひそんでいないか、風の匂《にお》いを嗅《か》ぐ。何も感じない。

　水を飲みながら、何も匂《にお》わず、聞こえず、見えないことが石のように重くのしかかってくる。父さんが死んでしまった。グラウルも。他のみんなはどうしただろう。ウォームはうまく隠《かく》れられただろうか。母さんや仔《こ》オオカミたちは。生きのびたみんなも散り散りばらばらになってしまったのだろうか。どこにいるのだろう。

　水際《みずぎわ》に沿《そ》って歩く。みんなの名前をよびたい。よばなきゃ。でも生きるためにみんな隠《かく》れていなくちゃならない。風に鼻先を向けても、感じるのは草と水の匂《にお》いだけだ。鳥たちが、周囲に生える背《せ》の高い草と同じ茶色や黄色の鳥たちが、茎《くき》から茎《くき》へと軽やかに飛んでいる。何もなかったかのように歌っている。一羽を目がけて足を出

すと、みんないっせいに空に逃《に》げていった。

耳をあっちにもこっちにも向ける。風。蜂《はち》。草の中を走り回るネズミ。追いかけるヘビの這《は》う音。

ぐるりと二回、あたりを見回す。

誰《だれ》もいない。

探《さが》しにいこうか。それとも水のあるここで待っているべきか。夜になると冷えこんで、匂《にお》いも嗅《か》ぎつけやすくなるはずだ。背《せ》の高い草の間で体を丸め、落ち着くために尻尾《しっぽ》をたくしこむ。それでも心《しん》臓《ぞう》の高鳴りが止まらない。全力疾走《ぜんりょくしっそう》している時のようだ。

これまでもみんなから離《はな》れてひとりでいたことはある。山に行くと、尾根《おね》の向こうにはいつも何かきれいなものがあった。湖や、イチゴ畑や、周りからは見えない氷の一帯など。でも、そんな時でもいつもぼくには帰る家があった。家族のみんながいた。これまで一度も、生まれてから一度もひとりで眠《ねむ》ったことはなかった。

疲労《ひろう》こんぱいの毎日がすぎていく。ずっと誰《だれ》にも会っていない。空が暗くなっても、群《む》れの仲間たちは誰《だれ》も来ない。星が輝《かがや》いても、誰《だれ》の匂《にお》いもしない。空に満月が昇《のぼ》り、白いオオカミたちの遠吠《とおぼ》えが

聞こえてくる。最初はリーダーのオオカミが、それから別の一頭が、そして他のオオカミたちも次々に遠《とお》吠《ほ》えに加わる。白いオオカミたちの遠吠《とおぼ》えは奇妙《きみょう》で、雑《ざつ》で、嫌《いや》らしい。やつらの歌がようやく終わると、弱々しいシャープの低い鳴き声が聞こえた。やつらの群《む》れに入れてもらって、今はもうぼくの兄さんじゃないんだ。ぼくの群《む》れの誰《だれ》かが生き残っていたとしても、どこかでひっそりと暮《く》らしているか、どこかちがう土地に行ってしまっているだろう。

夏の夜空にひときわ明るく輝《かがや》くオオカミの星が、故郷《ふるさと》を照らす。見えなくてもどこに湖があるか、どこの尾根《おね》は岩がごろごろしているか、全部知っている。でも山にぼくの群《む》れがいないのなら、そこはもうぼくの帰る場所じゃない。体の奥《おく》の深いところで吠《ほ》えたい気持ちがざわついていたが、がまんした。

朝になり、ハッとして目が覚める。ウォームの匂《にお》いだ。ぼくは跳《は》ね起《お》きて鼻先を風に向ける。匂《にお》いはなくなっていた。

でも確《たし》かに何かの匂《にお》いがした。ウォームがいつもしていたみたいに、ぼくのあごの下で丸くなって眠《ねむ》るウォームの夢《ゆめ》を見た。いつもの歌をゆったりと歌っていた。高台まで走って、優《やさ》しく吹《ふ》く風の匂《にお》いをもう一度確《たし》かめる。

たぶん、気のせいだったんだろう。足跡《あしあと》の匂《にお》いは何もしない。ウォームはここには来ていない。でも風に乗って、シャクジョウソウや山に咲《さ》く甘《あま》い花の匂《にお》いの中に、オオカミの匂《にお》いをかすかに感じる。ウォームかもしれない。どこにでもついていくからって、あいつは約束したんだ。でもその前に仔《こ》オオカミたちを守らなければならなかった。仔《こ》オオカミ！　ぼくはあわてて立ち上がり、なわばりを目指してかけ出す。ウォームと仔《こ》オオカミたちを探《さが》さなきゃ。みんなを守るんだ。山をかけ上がる。探《さが》す。まだ探《さが》す。立ち止まり、息を吸《す》う。ぐるりとあたりを見回す。息をひそめて、耳を澄《す》ます。

何も聞こえない。でもさっきは聞こえた。確《たし》かに聞こえたんだ。先を急ごう。ウォームが敵《てき》の群《む》れから逃《に》げのびたことを祈《いの》る。母さんと仔《こ》オオカミたちがどこか隠《かく》れるところを見つけたことを祈《いの》る。ぼくたちの山を一番よく知っているのは母さんなんだ。山の影《かげ》がぼくに落ちるまで走り続ける。何も見えない。こっち側を走り、あっち側を走る。耳を澄《す》まし、空気の匂《にお》いを確《たし》かめる。

すると、岩棚《いわだな》から落ちてきた石のように、不意に目に入った。白いオオカミの群《む》れがつけたマーキングだ。後ろ足で立ち上がって、届《とど》くかぎりの高いところを爪《つめ》で引っかいて樹皮《じゅひ》に長い傷《きず》をつけ、木の幹《みき》におしっこを引っかけている。その臭《にお》いに胸《むね》がむかむかしてくる。ここはぼくの木だった。ぼくの草原だった。冷たい水が流れる小川も、雪におおわれた尾根《おね》も、全部ぼくのものだった。でもマーキングされて、

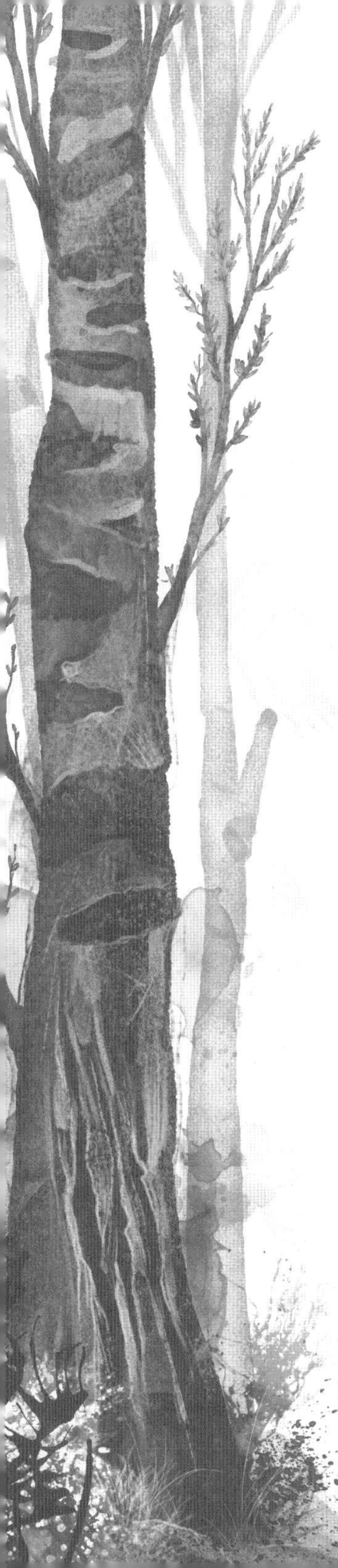

断崖《だんがい》のようにぼくの前に立ちはだかる。ここから先には行けない。

　ウォームをやつらの牙《きば》と爪《つめ》にさらしたまま放っておくわけにはいかない。マーキングされた木の裏側《うらがわ》におしっこを引っかける。地面を強く蹴《け》って、ウォームが後を追ってこられるように匂《にお》いを残す。なわばりの草原側に沿《そ》って走り、点在《てんざい》するカシやポプラの木におしっこを引っかける。白いオオカミたちをやっつけることはできなくても、ウォームがぼくを見つけられるように導《みちび》くことはできる。

　草原は森よりも暑く、にぎやかだ。青や紫《むらさき》や赤の花が風に揺《ゆ》れている。花たちは蜂《はち》の羽音といっしょに歌う。どこを走ってもバッタが跳《は》ね、虫たちが踏《ふ》まれまいと逃《に》げ惑《まど》う。高く昇《のぼ》る日とともに、気温も上がる。草原の中に突如《とつじょ》としてあらわれる切り立った崖《がけ》に登り、ウォームや他に生きのびた仲間を探《さが》して周囲を見わたす。

　はるか遠く、渓谷《けいこく》の縁《へり》のあたりにエルクがいた。いいぞ。家族を見つけたら狩《か》りをしなくちゃならないんだ。見上げると、朱色《しゅいろ》の尾《お》をしたハネビロノスリがゆっくりと輪を描《えが》くように飛んでいる。羽根にまだら模様《もよう》のある小型のタカは、空を舞《ま》っていたかと思うと突然《とつぜん》、地上のネズミに襲《おそ》いかかった。昼間はずっと、どんな物音も聞きもらすまいと警戒《けいかい》をおこたらないようにしていた。黒と白の牛の群《む》れが仔牛《こうし》たちを連れて草を食《は》んでいる。影《かげ》が長くなってくると牛たちは移動《いどう》し、羊たちはぼくのいる崖《がけ》の下の茂《しげ》みに入っていった。動きは鈍《にぶ》く、鳴き声も変だ。水を飲みにもどろうとした時だった。この匂《にお》い！　オオカミだ！

ぼくは切り立った小さな崖《がけ》に登り、その先端《せんたん》まで走った。ウォームではない。匂《にお》いからすると、まちがいなく複数《ふくすう》いる。ぼくの群《む》れではない。敵《てき》の群《む》れの見張《みは》りの可能性《かのうせい》はある。ぼくたちを一頭残らずやっつけるつもりで見回っているのかもしれない。ぼくは大きな岩の間で姿勢《しせい》を低くして身をひそめた。ウォームのために残してきた匂《にお》いが白いオオカミを連れてきてしまったんだ。相手が一頭なら走り負けない自信はあるが、相手が群《む》れではどんなオオカミでも逃《に》げきれない。

連中が近づいてくるのを見ていた。二頭だ。他にはいない。ぼくの足跡《あしあと》をたどって来ているわけではなさそうだ。何かを狙《ねら》っている。こげ茶色と岩のような灰色《はいいろ》の二頭の毛色から、敵《てき》の群《む》れではないことが分かり、目がくらみそうになるほど安心した。二頭ともぼくと同じくらい若《わか》く、どちらも雄《おす》だ。耳を澄《す》まして、二頭の狩《か》りに参加する仲間が他にいるのかどうか、ようすをうかがう。他にはいないようだ。

二頭だけなんだ。二歳《さい》になったばかりで、まだどちらもつがいとなる相手はいないのだろう。二頭は姿勢《しせい》を低くして跳《と》び出《だ》すタイミングを見計らっている。視《し》線《せん》の先にとらえているのは羊。コヨーテが好んで捕《つか》まえる獲物《えもの》だ。父さんはぼくたちに一度も羊を食べさせなかった。どっちがリーダーなんだろう。二頭を見比《みくら》べてみる。どちらも尻尾《しっぽ》を高くたもったまま、肩《かた》をぶつけ合い、我先《われさき》にと静かに争っている。これは成功しそうにないな。

茶色いほうのオオカミが先に跳《と》びかかった。しかし羊は横に身をかわすと、向

きを変えて逃《に》げ出《だ》し、鳴き声をあげながら草原をかけ出す。灰色《はいいろ》のオオカミが一瞬《いっしゅん》おくれて跳《と》び出《だ》し、かろうじて後ろ足に噛《か》みつく。他の羊たちが逃《に》げ惑《まど》う中、足に噛《か》みつかれた羊は蹴《け》って逃《のが》れようとするが、灰色《はいいろ》のオオカミも離《はな》さない。茶色のオオカミが加勢《かせい》し、噛《か》みついて仕留《しと》めた。

それから、頭を垂《た》れてリーダーに感謝《かんしゃ》することも、食糧《しょくりょう》となってくれる生命に敬意《けいい》をはらうこともなく、二頭のオオカミは羊の皮を裂《さ》き、内臓《ないぞう》を引き出し、一番おいしいところにかぶりつき、引きずり出した。見ているだけで気分が悪くなる。群《む》れとしての統率《とうそつ》がまったく取れていない。敬意《けいい》も感じられない。二頭とも親がいないのだろう。コヨーテを見て狩《か》りを覚えたにちがいない。

ぼくは二頭に背《せ》を向け、故郷《ふるさと》の山を見た。母さんと仔《こ》オオカミたちは逃《に》げのびたはずだ。きっとあの山の向こうにいるんだ。ウォームとソング、それにパウンスとワグもいっしょにいるはずだ。どこかの草原でエルクを追いかけているにちがいない。オオカミはそうやって生きていくものだ。母さんが仔《こ》オオカミたちを見捨《みす》てるはずがない。死んでも守りぬくはずだ。ぼくたちはみんな、そうするものだ。

お腹《なか》が空《す》いて夜明けに目が覚めた。ハゲワシが一羽、昨日の若《わか》いオオカミたちが残していった羊の残骸《ざんがい》をあさっている。オオカミたちはあれから見ていない。あのオオカミたちの仲間には入りたくなかった。暗いうちにやって来て食べ残しをあさり、夜が明ける前にこそこそといなくなるコヨーテと同じだ。

昨日は地平線のあたりにエルクがいた。父さんがぼくに期待するのはあれを仕留《しと》めることだ。もしぼくの群《む》れのうち誰《だれ》か一頭でも生きのびているなら、あそこにいるだろう。空腹《くうふく》のことは今は考えず、ぼくはかけ出した。

悲しい気持ちはどうしようもないけれど、走っていれば楽しくなれた。木も生えていないし、風で倒《たお》れた木も、水が流れてできた渓谷《けいこく》もないから、どこまでもまっすぐ走ることができる。ぼくは全力で、地面を思いっきり蹴《け》って走った。もしもみんなが生きているなら、エルクの近くにいるはずだ。エルクの匂《にお》いが強くなってくる。走りながら鼻先を上に向け、みんなの匂《にお》いを探《さが》す。ぼくの匂《にお》いがエルクに気づかれない位置に回りこむ。みんながいればここに集まって、跳《と》び出《だ》すタイミングを待つ時だ。ぼくは走る速度をゆるめた。そして立ち止まる。

何もない。

またぐるりと回ってさっきのところにもどる。大きく吠《ほ》えてみんなをよぶ。獲物《えもの》がいっぱいの草原がぼくたちを待っている。でも誰《だれ》もいない。もう一度、大きく吠《ほ》えてみる。そしてもう一度。

返事はない。

みんながいなくなるはずがない。みんないなくなるなんて。草も、低木も、目の前に空みたいに広がっている。いったいどうやって探《さが》せばいいんだよ。お腹《なか》が減《へ》ってもう歩けない。草の上で横になって、ちょっと落ち着こう。故郷《ふるさと》の涼《すず》しい木陰《こかげ》や、やわらかな苔《こけ》や針葉樹《しんようじゅ》の落葉がなつかしい。どこまでも広がる草原にいると、自分がちっぽけに思えてくる。木々がなつかしい。

広がる大地の向こうから、エルクの鳴き声が聞こえてきた。警戒《けいかい》をおこたった気のない鳴き声や口笛のような鳴き声からすると、ぼくに気づいていないようだ。喉《のど》が渇《かわ》いているのに、エルクの鳴き声を聞いているとよだれが出てきた。狩《か》りをしよう。成功させなきゃ。仕留《しと》めることができたら、群《む》れのみんなも来るはずだ。カラスやハゲワシが群《むら》がるのを見て、ぼくが仕留《しと》めた獲物《えもの》を見て喜ぶコヨーテの声を聞きつけて、みんながぼくを見つけてくれるはずだ。

エルクのいるところまでは距離《きょり》があったが、ぼくは速いんだ。ぼくは走り出した。まだ全力で走る必要のないうちから、かまわず全力で走った。群《む》れのみんなのために獲物《えもの》を捕《と》るんだ。大事なことはそれだけだ。

エルクたちは最初、その場所から動かずにいたが、やがて見張《みは》りに立っていた一頭が、みんなに走れと合図の鳴き声をあげた。若《わか》い母エルクが跳《と》び上《あ》がる。エルクたちはいっせいに、夕

日に向かって走り出した。気にしない。ぼくは誰《だれ》よりも速いんだ。確実《かくじつ》に距離《きょり》を縮《ちぢ》めていく。やがて、地面を蹴《け》るエルクのひづめの音以外、何も聞こえなくなる。鼻先に感じるのはエルクの汗《あせ》と恐怖心《きょうふしん》の匂《にお》いだけとなる。

幼《おさな》いエルクたちはパニックに陥《おちい》って鳴きわめく。一頭のエルクがおくれはじめた。その一頭に狙《ねら》いを定める。さっそく肉の味がしてくるようだ。仕留《しと》めるぞ。ウォームがぼくを見つけてくれるだろう。母さんや他のみんなも、どこに隠《かく》れているにせよ、走ってやって来るだろう。またみんなで群《む》れを作って、ここをぼくたちの新しいなわばりにすればいい。

ぼくは父さんがやっていたみたいに、エルクと並《なら》んで走る。父さんは完璧《かんぺき》なタイミングで跳《と》びかかり、一撃《いちげき》で仕留《しと》めていた。その場面を見たことはあったが、ぼくはいつも先頭を走って

獲物《えもの》の走る方向を変える役目だった。今日はぼくのために方向を変えてくれる仲間がいない。空腹《くうふく》のおかげでいつもより速く走れた。エルクの前に出て、方向を変えさせる。そこを狙《ねら》って跳《と》びかかる。他のエルクたちが急に方《ほう》向転換《こうてんかん》すると、ぼくが狙《ねら》っていた一頭は突然《とつぜん》走るのをやめ、怒《おこ》って大きく鳴きわめき、頭を左右にふりみだす。ぼくもあわてて急停止し、引き返す。エルクの走る方向をもう一度変えさせるためだった。あっと思う間もなく、エルクの蹴《け》り上《あ》げた脚《あし》がぼくの肩《かた》を深く切《き》り裂《さ》いた。

　息が音を立ててもれ出る。骨《ほね》の折れる音がした。首から足先まで、燃《も》えるような激痛《げきつう》が走る。ぼくは地面にくずれ落ち、雷鳴《らいめい》のような素早《すばや》さで夜がおとずれた。

痛《いた》み

霧《きり》が晴れるように、暗かった空が明るくなる。肩《かた》の痛《いた》みは骨《ほね》まで届《とど》いている。頭を上げると、周囲に広がる草原が水面のように輝《かがや》きを放っていた。再《ふたた》び頭を地面につけると、再《ふたた》び暗闇《くらやみ》にのみこまれていった。

夢《ゆめ》の中で、ぼくは見えない敵《てき》の群《む》れと戦っていた。でも、敵《てき》から逃《のが》れて目を開けると、ひとりぼっちだった。息をするたびに胸《むね》が震《ふる》えて痛《いた》んだ。一本の脚《あし》に感覚がない。鼻でおしても動かない。なめても温かみを感じない。エルクは、どこを見《み》わたしても見当たらない。肩《かた》の下に赤い水たまりができていた。

あちこちながめ、匂《にお》いを嗅《か》いでみる。エルクを見なくなって久《ひさ》しい。頭上では、一羽のハゲワシが大きく輪を描《えが》くように飛んでいる。お腹《なか》が空《す》いて頭がくらくらする。傷《きず》をなめる。喉《のど》が渇《かわ》いていたので、赤い水たまりを全部なめた。巣穴《すあな》が恋《こい》しかった。木に囲まれて眠《ねむ》りたい。でも、痛《いた》みのせいで幼《おさな》かった頃《ころ》の本能《ほんのう》がもどってきて、ここでじっとしていなきゃと思った。山のほうに顔を向け、故郷《ふるさと》を思い出す。

目を覚ますとまたオオカミの匂《にお》いがした。一頭だけだ。しかも遠い。ウォームであってほしいと切《せつ》に願う。ぼくの群《む》れの誰《だれ》かであってほしい。ぼくを見つけて、以前のように強くなれるよう、そばにいてほしい。敵《てき》のオオカミでありませんように。敵《てき》のオオカミなら、見つかったら殺されてしまう。この間の若《わか》いオオカミでも困《こま》る。あの若《わか》いオオカミでも、隙《すき》を見せたら殺されてしまう。羊を殺すようないやしいオオカミでも、今のぼくならやられてしまう。でも、殺されるより悪いのは、ぼくを見つけても群《む》れの仲間じゃないからといってそのまま行ってしまうことだ。何回か日の出を迎《むか》える前なら、ぼくもそうしていたかもしれない。今はちがう。今は、ひとりぼっちがどういうことかよく分かる。

夜がおとずれ、ますますお腹《なか》が空《す》いてきた。力が全然出ない。頭を上げると、肩《かた》から脚先《あしさき》にかけて稲妻《いなずま》のような痛《いた》みが走る。あたりにはまだオオカミの匂《にお》いがただよっている。かすかに。とてもかすかに。気合いを入れて立ち上がろうとするのだけれど、後《うし》ろ脚《あし》しか体重を支《ささ》えられない。ウォームかもしれない。ぼくのウォーム。ぼくと同じで、夜もひとりぼっちなんだ。探《さが》さなきゃ。助けてあげなきゃ。星が明るく、地平線に昇《のぼ》る月は巣の中の卵《たまご》みたいだ。一呼吸《ひとこきゅう》してからもう一度、脚《あし》に力をこめる。今行くからな、とウォームに声をかける。今から行くから、待っててくれよ。肩《かた》の傷口《きずぐち》の端《はし》が裂《さ》け、また赤いものが噴《ふ》き出《だ》した。ぼくは崩《くず》れ落《お》ち、地面にふせたまま、目まいがしてどうにもならない。

大人しく寝《ね》そべって星を見上げる。星は、エルクが草を食《は》みながら草原を移動《いどう》するように、着実に、ゆっくりと、空を移動《いどう》する。ただよっていたオオカミの匂《にお》いが消えた。消えてしまうと、こんなにも完全に消えてしまうと、ぼくは生まれたばかりの仔《こ》オオカミのように、弟を想《おも》ってクーンと鳴いた。

夜の暗闇《くらやみ》の中、ハッとして目が覚めた。寝《ね》ている間にオオカミが通りすぎている。雌《めす》のオオカミだ。母さんではない。ワグでもパウンスでもソングでもない。夜の間にここに来ていたんだ。ぼくの周りを歩いている。ぼくを見て、匂《にお》いを嗅《か》いだはずだ。黒い毛が一房《ひとふさ》と、足跡《あしあと》が地面に残っている。首と肩《かた》のあたりにちくちくと恐怖《きょうふ》を感じる。敵《てき》の群《む》れから偵察《ていさつ》にやって来たオオカミの可能性《かのうせい》もある。こうしている今も、ぼくを殺すために仲間を連れてもどってきているかもしれない。白いオオカミの匂《にお》いを思い出そうとするが、あの日の記憶《きおく》は、剝《む》き出《だ》した牙《きば》と赤くそまった爪《つめ》のぼんやりとした印象でしかない。あの中に黒いオオカミがいたとは思えない。

鼻先から尻尾《しっぽ》までぶるっと震《ふる》えた。連中がやって来たら逃《に》げきれないだろう。早く走れることだけがぼくの取《と》り柄《え》なのに、必要としている時に頼《たよ》りにならないなんて。もう二度とスウィフトだなんて名乗れない。いつもぼくの故郷《ふるさと》の空で律儀《りちぎ》に輝《かがや》くオオカミの星を探《さが》した。希望を持つことしかできない。どんなことになっても、残された闘志《とうし》をふりしぼって立ち向かうだけだ。

日が昇《のぼ》っても、白いオオカミたちがもどってくることはなかった。おそらく、ぼくのところに来ていた見知らぬオオカミもひとりぼっちなのだろう。同じように心細く思っているかもしれない。敵意《てきい》を持たずにぼくのところにやって来た孤独《こどく》なオオカミを、ぼくが襲《おそ》うはずがないのだけれど、そんなことは分かってもらえないだろう。ぼくの姉さんたちもどこかで寂《さび》しくおびえているというのに、ぼくがひとりぼっちのオオカミを襲《おそ》うはずがない。頭を上げてひとりぼっちのオオカミを探《さが》しても、湖のようにどこまでも広がる草原にぼくしかいない。

肩《かた》の傷口《きずぐち》から流れ出ていた赤いものは止まった。ぱっくりと開いていた裂《さ》け目《め》には、木の皮みたいにがさがさと荒《あ》れた皮が、茶色く細長く貼《は》りついている。皮膚《ひふ》にこびりついて、どれだけなめても取れない。喉《のど》が渇《かわ》いて仔《こ》オオカミみたいな弱々しい鳴き声が出そうになったけれど、こらえようとする本能《ほんのう》がぎゅっとそれをおしとどめた。立ち上がらなくても届《とど》く範囲《はんい》の草の上の朝露《あさつゆ》をなめた。何も感じられなかった脚《あし》に、すっかり感覚がもどっている。風が吹《ふ》くと毛が揺《ゆ》れ、まるで炎《ほのお》が燃《も》えているようだ。じっと横になったまま、見わたすかぎりの草原がただどこまでも広がっている。ハゲワシもいなくなった。

ハゲワシに代わって、小鳥たちの群《む》れがやって来た。草と同じ色をした小さな鳥たちが、ぱたぱたと飛

びながら歌っている。茎《くき》から葉先へと跳《は》ねるように飛び、種や蟻《あり》をついばみ、タカを警戒《けいかい》して空を見上げる。タカがあらわれると、風になびく煙《けむり》のようにぱあっといなくなる。一日じゅう、そんな小鳥たちをながめていた。鳴き声、匂《にお》い、空をかけるようす。ずっと羽ばたいている小鳥もいれば、羽ばたいたり静止したり、長い距離《きょり》を舞《ま》い降《お》りては、またそれをくり返したり。羽ばたきながら空中で静止する、背中《せなか》が緑色の小鳥が気に入った。他と比《くら》べても体がひときわ小さい。喉元《のどもと》が紫色《むらさきいろ》に輝《かがや》いている。仲間はいないようだ。がっしりとした筋肉《きんにく》どころか、そもそも肉がついているようにすら見えない。それでもその飛び方を見ていると、他の鳥たちがかすんで見える。ワシは力強いが、素早《すばや》さではこの鳥に敵《かな》わない。小鳥が舞《ま》い、降下《こうか》するようすを見ているうちに、ちぎれた雲の切《き》れ端《はし》がやがてピンクと黄金に変わりゆく。

夜になると脚《あし》に感じていた炎《ほのお》は消えていた。その代わり、空腹《くうふく》が何よりつらい痛《いた》みとなった。草を食《は》んだ。

朝になり、じっとしていないといけないという本能《ほんのう》は感じなくなったが、立ち上がる気力もなかった。群《む》れのみんながいれば肉を持ってきてもらえるのに。

空気を吸《す》いこむ。吸《す》いこめるだけたくさん吸《す》いこみ、みんなの助けを求めて吠《ほ》える。体の奥《おく》のずっと底のほうから吠《ほ》える。高い音と低い音が胸《むね》を転がり上って体の外に出て、風に乗る。耳をあっちに向け、こっちに向け、答えが返ってこないかと聞き耳を立てる。

誰《だれ》も答えてくれない。

時間がすぎていく。ハゲワシが一羽、そしてまた一羽、ぼくの頭上を舞《ま》う。丸々とした虫ががさごそと

走り回る。それを舌《した》ですくい取る。

マズくはない。

大きな岩がいくつも転がるところで、熊《くま》が岩をひっくり返しては下から出てきた蛾《が》を捕《と》って食べているのを見たことがある。這《は》って少し前に出て、小さな石をひっくり返してみる。何もない。次の石の下にも、何もない。でもその次にひっくり返した石の下に、虫がいた。それを食べたがお腹《なか》は満たされない。空中を飛んでいた蝶《ちょう》を、怪我《けが》をしていないほうの足ではたき落として食べた。それでもまだ足りない。見上げるとハゲワシが一羽増《ふ》えていた。

すべての生き物が食べ、そして最後には食べられる。でもぼくはまだ食べられるつもりはない。少なくとも今日は。群《む》れが欲《ほ》しかった。ぼくの群《む》れが。走って、狩《か》りをして、生きていたい。ハゲワシたちにそう伝える。できるだけ分かりやすく。でもハゲワシたちは相変わらずぼくの真上を旋回《せんかい》している。待っているのだ。

走れなかった。歩くのもつらい。でも這《は》って進んでいると、近くにネズミがいることが匂《にお》いで分かった。その匂《にお》いに少し近づいては休憩《きゅうけい》する。また少し近づき、そしてまた休憩《きゅうけい》。太陽は空の低いところにあった。空中で静止する緑の小鳥がまたやって来て、ぼくの頭のあたりでダンスを踊《おど》る。再《ふたた》び狩《か》りにもどる。目の前で石が積《つ》まれていると思っていたものが、形を変え、ずるずると滑《すべ》るように動き出した。

ヘビには気をつけなさいと母さんが言っていた。鋭《するど》い牙《きば》を持っていて、踏《ふ》みつけられるのを嫌《きら》う生き物だ。食べられるのだろうか。そんなふうに考えるぼくを父さんは恥《は》ずかしく思うだろう。でも今日は、動くものなら何でも食べものだ。

姿勢《しせい》を低くして、忍《しの》びよる準備《じゅんび》をする。相手はどれぐらい素早《すばや》く動くのか。ゆっくりと、円を描《えが》くように草の上を這《は》っている。と思っていると、甲高《かんだか》く荒々《あらあら》しい音とともに稲妻《いなずま》のようにさっと動き、オレンジがかった茶色のハタネズミがその喉《のど》の中に消えていた。ヘビはそのまま平然と這《は》い進む。ハタネズミはまだら模様《もよう》の大きな塊《かたま》りとなって、ゆっくりと飲みこまれていく。

ぼくは一《ひと》嚙《か》みでそのヘビの息の根を止め、ハタネズミもろとも一息にのみこんだ。そして上空のハゲワシたちに向かって牙《きば》をむき出してうなった。

「死なないからな！　今日はまだ死なないからな！」

カラス

次の日は一日じゅう寝《ね》てすごした。

傷口《きずぐち》に貼《は》りついた固いところがかゆいのだが、舌《した》がからからに渇《かわ》いていてなめることもできない。脚《あし》は痛《いた》むが、自分の体重ぐらいは支《ささ》えられそうだ。冷たい夜の中、水の匂《にお》いの源《みなもと》を目指してゆっくり歩く。冬眠《とうみん》から目覚めたばかりの熊《くま》のような鈍《にぶ》さだ。夜が明け、行く手に水がたっぷり流れる溝《みぞ》を見つけた。地面には牛の群《む》れの嫌《いや》な臭《にお》いが強く残っていたが気にしない。水を飲まなければ死んでしまう。さらに少し近づいたところで、人間の臭《にお》いがして立ちつくす。

山にいた頃《ころ》は、石や灰《はい》でできた輪の周囲に人間の臭《にお》いが残っていた。人間の臭《にお》いは他の何よりも恐《おそ》れないといけないと母さんが教えてくれた。どんな危険《きけん》よりも人間は最悪で、予測不能《よそくふのう》だと言っていた。季節によって機嫌《きげん》がころころと変わる熊《くま》でさえ、人間に比《くら》べればまだマシなんだと。

草むらの中で姿勢《しせい》を低くして、警戒《けいかい》する。人間の姿《すがた》は見えず、物音もしない。這《は》ってさらに近づき、足跡《あしあと》を確認《かくにん》し、臭《にお》いを嗅《か》ぐ。今のぼくは戦うどころか、走って逃《に》げることもできない。それにして

もこの足跡《あしあと》には指がなく、先端《せんたん》に向かって細くなっている楕円《だえん》の跡《あと》だけが続いている。これだと走れないだろう。母さんは、人間は足が二本しかないのに走るのが速いと言っていた。でも二足動物なのに飛べないらしい。面倒《めんどう》なことにならないようにようすを見る。こんなに喉《のど》が渇《かわ》いたのは初めてだ。太陽が昇《のぼ》るにつれて暑くなり、暑くなるにつれて喉《のど》の渇《かわ》きもひどくなる。それでも耳を澄《す》ましてようすをうかがう。そして人間がもういないことを確認《かくにん》し、確実《かくじつ》にどこかに行ってしまっていることを確信《かくしん》してから、水のところまで走っていって頭をざぶんと突《つ》っこんだ。

　牛の群《む》れの嫌《いや》な臭《にお》いがしたが、この時の冷たく清らかな水ほど甘《あま》くおいしく感じたものはない。お腹《なか》がふくれるまで飲んだ。隠《かく》れられる場所を見つけて、やわらかい緑の茂《しげ》みの中で一日じゅうまどろんでいた。ネズミが水辺にやって来た。鳥やウサギもやって来た。みんなすばしっこくて捕《つか》まえられない。月の光をたよりに、アライグマが水を飲みにのろのろとあらわ

れた。痛《いた》みをこらえて跳《と》びかかり、おしつぶして捕《つか》まえた。食べている間も肩《かた》に痛《いた》みが走る。

翌朝《よくあさ》、草むらの中に寝《ね》そべって骨《ほね》をかじっていると、一羽のカラスが舞《ま》い降《お》りてきてぼくのそばに止まった。長い間、輝《かがや》く瞳《ひとみ》でぼくをじっと見てくる。このカラスも他のカラスたち同様、火事の後の地面のように黒かったが、よく見ると胸《むね》の毛がごっそりとぬけている。カラスもぼくの肩《かた》の茶色く固くなったところを見ている。このカラスに何があったのだろう。カラスは、以前ぼくが難《なん》なく走っていたように、難《なん》なく飛んでいる。それなのにどうしてここにやって来て、こんなに熱心にぼくのことを見ているのか。ぼくはあたりに散らかした骨《ほね》を見る。食べ残していたところも全部食べてしまった。空腹《くうふく》のあまり、食べ残しを必要としているハゲワシやカラスや他の誰《だれ》の分も残さず食べてしまったのだ。父さんはぼくのことを恥《は》ずかしく思うだろう。骨《ほね》の匂《にお》いを嗅《か》ぐと、脚《あし》の部分にいくらかまだ肉片《にくへん》が残っていた。それをカラスのほうにおしやった。

カラスたちが父さんに話しかけていたことを覚えている。カラスたちは獲物《えもの》のあるところに父さんを案内していた。父さんは食べ残しをあたえることでカラスたちに感謝《かんしゃ》の気持ちを伝えていた。ぼくも自分の群《む》れがほしい。このカラスが仲間を見つける手助けをしてくれるかもしれない。空から何が見えるか教えてくれたら、エルクを丸ごと一頭あげてもいい。鳥たちがよくするみたいに、ぼくはカラスに向かって頭を少し下げた。お返しのつもりなのか、カラスもひょいと頭を下げたが、肉は受け取らなかった。カラスはぼくの真上で輪を描《えが》いて飛び、カーカーと低く鳴いた。

　ウサギを捕《つか》まえたワシに向かって、やはりこんなふうに鳴いているカラスを見たことがある。ワシの後ろでちょろちょろしながら、尻尾《しっぽ》の毛に摑《つか》みかかっていた。試《ため》しているのだ。ワシがカラスを攻撃《こうげき》しようと思ったら、ウサギをあきらめるしかない。オオカミをのぞけば、ワシほど狩《か》りの上手な生き物はいない。ぼくはそのようすをながめながら、ワシはカラスをやっつけてしまうんだろうなと思っていた。しかし、ワシはカラスよりも大きくて体重も重そうだし、羽を広げるとその差は比《くら》べものにならないにもかかわらず、仕留《しと》めた獲物《えもの》に何度かかぶりつくと、大部分をあきらめて飛び去っていったのだ。

　あれを見た時、ぼくの前でシャープに尻尾《しっぽ》を垂《た》れさせる試みに希望を持てた。大きいほうがいつも勝つとは限らない。大胆《だいたん》にしつこく食い下がるほうが、最終的に勝つこともあ

るのだ。しかし今はこのカラスが何をしようとしているのか分からず、ぼくは落ち着かなかった。ぼくにどうしろと言っているのか。残っていた肉は全部あげたのに。

立ち上がってみた。肩《かた》の痛《いた》みはマシになっていたが、カラスのほうにふり向こうとすると、こわばってうまく動けない。カラスは何度か羽ばたいて後ずさりし、あいかわらずぼくの後ろでちょろちょろしている。ぼくはさっきとは反対に回って向きを変える。こっちのほうがまだ動けた。体をふってこんがらがった毛をはらい、カラスに向かってうなった。カラスは首のあたりの毛を逆立《さかだ》てて、ぼくに向かってカーと鳴いた。

どうすればカラスと話ができるのか、父さんに聞いておけばよかった。父さんは言葉を使わなくてもカラスたちのことを理解《りかい》しているようだった。カラスは骨《ほね》をくわえて飛び上がった。急上昇《きゅうじょうしょう》し、ぼくの上で骨《ほね》を落とすと、それを目がけて急降下《きゅうこうか》してくる。ぼくに向かってくるので、思わずしゃがみこんだ。カラスは尻尾《しっぽ》の毛をばさりと広げ、鉤爪《かぎづめ》で骨《ほね》をキャッチしたところで急降下《きゅうこうか》をやめ、成功したことをカーカーと喜びながら、ぼくの周りをちょろちょろする。うまいもんだ。

カラスは前方に飛び去ったが、ぼくからしっかりと見えているところにいて、そこでまた骨《ほね》を落とし、落とした骨《ほね》を目がけて急降下《きゅうこうか》している。これは子どもが遊びでしていることではない。カラスが何かをする時は必ず理由がある。ぼくに何か伝えようとしているのだ。どこに行けば肉にありつけるか知っているのだ。でも、カラスは頭はよくても、そのくちばしは獲物《えもの》の体を引《ひ》き裂《さ》くようにはできていない。肉にありつくための牙《きば》を持つ誰《だれ》かが必要なのだ。ぼくはカラスについていった。初めのうちは歩いていたが、脚《あし》のこわばりがなくなるにつれて、少しずつゆっくりと走れるようになった。

カラスは水辺を離《はな》れて、草原をわたっていく。数えきれないほど獲物《えもの》の足跡《あしあと》があり、その匂《にお》いにぼくはいちいち気を取られる。でもコヨーテにせよ鹿《しか》にせよ、今のぼくは速く走れないから捕《つか》まえられない。人間の臭《にお》いのする足跡《あしあと》もあった。父さんは、エルクを襲《おそ》う時には必ず人間の臭《にお》いを確認《かくにん》していた。地面に人間の臭《にお》いがあれば、簡単《かんたん》に捕《つか》まえられる獲物《えもの》でも見逃《みのが》していた。カラスがその足跡《あしあと》から遠ざかるほうに導《みちび》いてくれて、ぼくは安心した。

太陽が空に高く昇《のぼ》り、疲《つか》れてよろけそうになっていた時、ほとばしる水の音が聞こえた。立ち止まって耳を澄《す》ます。水の匂《にお》いはしない。干し草とミントと、あとは嗅《か》いだことのない匂《にお》いがいくつかするだけだ。ぼくは頭を上げ、鼻が嗅《か》ぎつけているものが何なのか、右を向き左を向いて確認《かくにん》した。斜面《しゃめん》を上ると、目の前に深い緑の草原が広がっていた。しかしそこにはエルクも鹿《しか》も、獲物《えもの》になりそうな動物は何も見当たらず、不自然なほど真っすぐに何列も続く深い緑色のミントが揺《ゆ》れているだけだった。

一度、母さんが遠くから人間のなわばりを見せてくれたことがある。一面に真っすぐ何列も草木が植えられていて、むき出しの地面がどこまでも広がっていた。

「人間のやることに道理なんてないの」と母さんは言っていた。

一人の男が騒々《そうぞう》しい音を立てるものに乗って、地面の上を大きくぐるりと何周もしている。道理などないのだ。その片側《かたがわ》にはたっぷりの水があって、反対側に生えたポプラの影《かげ》のまだらになったところに母ジカと仔《こ》ジカが隠《かく》れている。人間は獲物《えもの》にも水にも見向きもしない。

「人間はよく土とたわむれているわ」と母さんは言っていた。「そうかと思ったら、一目見て、大きな音を立てるだけで相手を殺すこともできるの。ぜったいに近づいたらダメよ。人間を理解《りかい》しようなんて無理なんだから」

整然と並《なら》んだ草木を見ていると不安になってくる。それを伝えようと肩《かた》の毛を逆立《さかだ》てるのだが、カラスはぼくをなだめようとする。少なくとも溝《みぞ》には水があるのでそれを飲めばいい。遠くのほうに黒い川が横たわっている。夜のような漆黒《しっこく》の川だ。全然流れていない。真夏だというのに凍《こお》ってしまったのだろうか。人間の乗った騒々《そうぞう》しいものが、この凍《こお》った黒い川の上をぼくよりも速くびゅんびゅん走っている。死の臭《にお》いがする。ぼくはへとへとだし、がっかりした。ここはオオカミの来るところじゃない。群《む》れのみんなもぼくを探《さが》してここに来ることはないだろう。ぼくはこれ以上動きたくなくて、座《すわ》りこんでしまった。頭上ではカラスが輪を描《えが》き、黒い川の岸にさっと近づいていった。不愉快《ふゆかい》だったので、カラスのことは気にしないようにした。それでもカラスはかたくなにぼくの頭上から岸辺に向かって、繰《く》り返《かえ》し飛ぶことをやめない。気にしない。もう一歩も動きたくない。

嫌《いや》な臭《にお》いとうるさい音に動揺《どうよう》していて、コヨーテの鳴き声を聞き逃《のが》すところだった。コヨーテたちは黄色い集団《しゅうだん》となって、ミント畑の周囲をキャンキャン吠《ほ》えながら走り回っていた。歓喜《かんき》の鳴き声とともにカラスがいるほうに向かって走り、カラスはいったい何があると言っているのか、いずれ

にしてもそこに突進《とっしん》していく。ぼくのお腹《なか》がぐるぐると鳴り、口からはよだれが流れ出る。昨日から何も食べていなかった。早く傷《きず》を治すためにも、お腹《なか》いっぱい食べないと。ぼくは立ち上がり、獲物《えもの》にありついているコヨーテたちのところに向かって走った。怪《け》我《が》をしていることがばれると襲《おそ》ってくるかもしれない。でも吠《ほ》えて怖《こわ》がらせられたら、少しは肉にありつけるだろう。慎重《しんちょう》に風下に回り、大きな岩の上に登る。頭をいっぱいにもたげ、精《せい》いっぱいの恐《おそ》ろしい声で吠《ほ》えた。コヨーテたちは突風《とっぷう》に見舞《みま》われたみたいに散り散りになって逃《に》げ惑《まど》う。

　コヨーテたちが農場の奥《おく》の背《せ》の高い草の中に逃《に》げていくのを見て、尻尾《しっぽ》がはねる。ぼくはもどって獲物《えもの》にありついた。

　小さな獲物《えもの》だ。大半はすでに食べられている。それでもお腹《なか》が空《す》いていたので文句《もんく》は言

えない。脚《あし》の部分を見ると、エルクの幅広《はばひろ》のひづめも、鹿《しか》の細いひづめもない。小さな脚《あし》に、ぼくと同じような爪《つめ》がある。残った皮膚《ひふ》を見るかぎり、白い皮膚《ひふ》に茶色のまだら模様《もよう》があって、長く垂《た》れた耳はやわらかい。気分が悪くなって目をそむけた。何でもおかまいなしのコヨーテたちが残したこんなものを食べるほど落ちぶれるくらいなら、今より空腹《くうふく》でいたほうがマシだ。ぼくは背《せ》を向けて歩き出した。

陽《ひ》がしずみ、空気がひんやりしてくる。遠吠《とおぼ》えが聞こえた。一瞬《いっしゅん》、体の中に希望《きぼう》が湧《わ》くのを感じた。でも、あの若《わか》いオオカミたちにちがいない。きっとあの二頭だ。ぼくの家族じゃない。耳から尻尾《しっぽ》まで、全身がずきずきと痛《いた》む。自分の群《む》れがほしい。でも、ひとりぼっちでいるくらいなら、どんなオオカミでもいい。遠吠《とおぼ》えが聞こえたほうに向きを変え、かけ出す。

再《さい》会《かい》

若《わか》いオオカミたちはすぐに見つかった。いつまでも遠吠《とおぼ》えを続けている。勝ちほこったような遠吠《とおぼ》え。肉にありついたのだ。ぼくにとっても好都合だ。ぼくもまずは食べて、元気になったところで、どれだけ上手に狩《か》りができるか見せてやろう。ありがたい。木の皮みたいな固い部分におおわれた傷口《きずぐち》の筋肉《きんにく》が痛《いた》く、それに何時間も歩いたので疲《つか》れていた。

いっしょに食べていいかどうか、頭を下げないといけないだろう。あんな連中の前で尻尾《しっぽ》を垂《た》れるのは嫌《いや》だけど、とにかく何とかしないと、このままではどうしようもない。群《む》れの仲間に入るには、戦うか、頭を下げるか、どちらかしかない。今は戦える状態《じょうたい》ではない。ウォームはよくぼくのところに這《は》って近づいてきては、じゃれ合ったり取っ組み合ったりした。ウォームはぼくに勝たせてくれて、それでぼくはウォームのことが好きになり、面倒《めんどう》を見たいと思うようになった。ウォームみたいにふる舞《ま》おう。面倒《めんどう》を見たいと思わせればいいんだ。

故郷《ふるさと》の山を見た。夕日に赤くそまっている。あそこには今頃《いまごろ》、白いオオカミたちがいるのだろう。母さんと父さんが残したマーキン

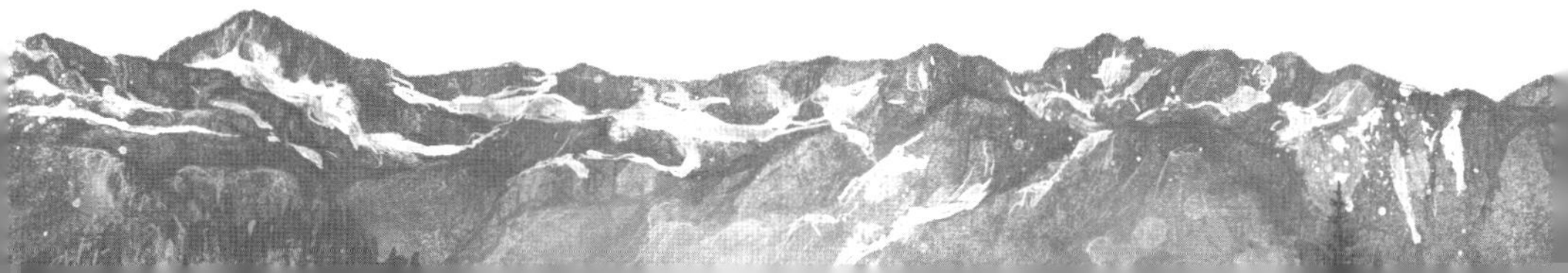

グの上におしっこを引っかけているんだ。ぼくたちの集合場所に集まって、ぼくたちのエルクを捕《と》って食べているんだ。シャープは仲間に入ってしまった。それでも少なくとも生きている。故郷《ふるさと》の山にいても、知らないやつらといっしょにすごして、それで生きている意味はあるのだろうか。もどることはできる。頼《たの》めば敵《てき》の群《む》れに入れてもらうこともできる。そうすれば、少なくとも故郷《ふるさと》の山に帰ることができる。でもそんな故郷《ふるさと》にいったいどんな意味があるのか。いつも誰《だれ》かの言いなりになって、いつも最後に残り物を食べて。

若《わか》いオオカミたちはそれほど体格《たいかく》がいいわけじゃない。でも若《わか》さがある。これからりっぱなオオカミに育つだろう。いつかぼくがあの二頭のリーダーになろう。強くなって、自分の力でリーダーになるんだ。草原にはエルクがいて、小川が流れていて、ぼくたちを生かしてくれる。山を見れば、一日の終わりに堂々と頭を上げていられる。オオカミにとって他に何が必要だというのか。そう考えて、ぼくはぼくの新しい群《む》れを求めて山に背《せ》を向けた。

夕暮《ゆうぐ》れ時は一日の中で一番静かだ。風も吹《ふ》かないから、この先に何があるのか、匂《にお》いで判断《はんだん》することができない。若《わか》いオオカミたちの遠吠《とおぼ》えが止《や》んでいた。でも食べる音のするほうに行くと、いた。エルクより小さい獲物《えもの》を捕《と》って食べている。鹿《しか》よりも小さい。黒と白の皮膚《ひふ》。仔牛《こうし》にちがいない。

父さんはよく思わないだろうな。羊のほうがまだマシだと言うかもしれない。仔牛《こうし》なんて、コヨーテやハゲワシの食べるものだと言うだろう。お腹《なか》が空《す》いていた。食べられるものなら何でもいいから食べないと。

まだ少し離《はな》れたところで足を止める。風がなくても、新鮮《しんせん》な肉の匂《にお》いはいいもので、お腹《なか》が鳴る。おいしいところをあの二頭が食べ終わるのを待ってからなら、残り物を分けてもらえるはずだ。でもあんまりいつまでも待っていたら全部なくなってしまう。そうなるともうこれ以上の空腹《くうふく》には耐《た》えられない。鳥が集まってくるにはすでに日が傾《かたむ》いているので、ぼくがここで見ていることを連中に知らせるものは誰《だれ》もいない。ぼくは周囲にのびる背《せ》の高い草をはらって、肉の残りを狙《ねら》っているやつが他にいないかどうか確《たし》かめた。

いた。見逃《みのが》すところだったが、茂《しげ》みの中で確《たし》かに何かが少し動いた。その方向に耳を向け、頭を上げて匂《にお》いを嗅《か》ぐ。

ウォーム？　心臓《しんぞう》が高鳴る。さらに頭の位置を高くして、もう一度匂《にお》いを嗅《か》ぐ。

やっぱりそうだ！　ぼくのウォームのことは分かる。ぼくは頭を上げて吠《ほ》えようとして、すんでのところで思いとどまった。

　隠《かく》れているんだ。低い姿勢《しせい》で地面にふせて、若《わか》いオオカミたちのようすを見ている。黄金に輝《かがや》くウォームの灰色《はいいろ》の毛並《けなみ》が、淡《あわ》い緑と銀の草の色にまぎれている。ひとりぼっちで、おびえている。若《わか》い二頭に襲《おそ》われたら、ぼくにはウォームを守ってやれるだけの力が今はない。襲《おそ》われる可能性《かのうせい》は十分にある。ウォームとぼくがいっしょにいれば、連中も脅威《きょうい》に思うだろう。ぼくは吠《ほ》えるのをがまんした。音を立てないようにそっと向きを変え、ウォームの背後《はいご》で群生《ぐんせい》している背《せ》の高い黄色い花のところまで近づいた。若《わか》いオオカミたちはまだ肉を食べている。ぼくの匂《にお》いをウォームのところまで運んでくれる風は吹《ふ》いていない。

　ぼくは石を軽く蹴飛《けと》ばすと、ウォームは頭を上げ、耳をぼくのほうに向けた。

「ここだよ」とぼくはできるだけ小さく声をかけた。

　ウォームの全身がぶるると震《ふる》えた。ウォームがこっちを向く。ぼくは広いところに進み出た。ウォームがぼくのほうに這《は》ってくる。ぼくの尻尾《しっぽ》が揺《ゆ》れる。ウォーム！　追いかけてきてくれるって分かってたよ。ウォームはようやくぼくのそばまで来ると、ぼくの肩《かた》にあごを乗せて大きく息を吐《は》いた。今は何が起ころうとも、ぼくたちはいっしょだ。

「ここにいたんだね」とウォームが言う。「兄ちゃんがここにいる夢《ゆめ》を見たんだ」

　ぼくはウォームの首に自分のあごをこすりつける。「これからはずっといっしょだ。そのつもりだったもんな」。もう何があってもだいじょうぶだ。

「草原も悪くないぞ」とぼくは話す。「エルクがいる。しかもたくさんいるんだ。それに水もある。行き方はすぐに分かるさ。いっしょに行こう」

　ぼくはウォームの肩《かた》に鼻をすりよせ――、

　そこで気がついた。爪《つめ》の跡《あと》だ。背中《せなか》から腰《こし》にかけて、長く、赤く、ただれている。じっと立っているのに後《うし》ろ脚《あし》が震《ふる》えている。これでどうやって立っていられるのか。ぼくの前脚《まえあし》と肩《かた》でしつこくうずいている痛《いた》みなんか、ウォームの怪我《けが》に比《くら》べれば大したことじゃない。ウォームの傷口《きずぐち》からは赤いものは流れていない。少なくとも今は流れていない。でも毛も皮膚《ひふ》も切《き》り裂《さ》いて、筋肉《きんにく》が深くえぐられている。

　ぼくは喉《のど》の奥《おく》に、復讐心《ふくしゅうしん》と敵意《てきい》のうなりを感じた。誰《だれ》がやったんだ？　この牙《きば》で八《や》つ裂《ざ》きにしてやる！　怒《いか》りがうなり声となって喉《のど》をせり上がってくるのだが、誰《だれ》のしわざにせよ、相手はぼくより大きくて強いにちがいない。こんな状態《じょうたい》でどうやってウォームを守れるだろう？　ぼくも怪我《けが》をして弱っている。ウォームは痩《や》せていた。びっくりするぐらい痩《や》せ細《ほそ》っていた。傷口《きずぐち》をなめてやっている間も、舌《した》に肋《ろっ》骨《こつ》の一本いっぽんを感じるほどだ。

「ここで休んでるんだぞ」とぼくはウォームに言った。「肉を捕《と》って来てやる」。ぼくはウォームを鼻でおし、ぼくたちを隠《かく》してくれる背《せ》の高い草の中にふせさせた。ウォームには休息が必要だ。それと食べるものだ。ウォームはぼくを必要としている。

「兄ちゃんなら逃《に》げきれるって信じてたよ」。ぼくの足元で丸まりながらウォームが言う。「兄ちゃんはぼくたちの誰《だれ》よりも走るのが速いから」

ぼくはウォームの耳をなめた。ウォームはそうされるのが好きだった。「敵《てき》に囲まれても、それにこんな広いところでも、お前はあきらめなかったんだな」

「ずっとついていくよ」

ウォームの気持ちを思って胸《むね》が痛《いた》んだ。母さんと仔《こ》オオカミたちがどうなったか、ウォームは言おうとしない。本当のことが知りたかった。でも知るのは怖《こわ》かった。これまでもウォームがおびえることは何度もあったけれど、ここまで弱っているのは初めてだ。ウォームには聞けない。今は聞けない。ウォームにちゃんと食べさせなきゃ。ウォームの体調を整えてやるんだ。母さんと仔《こ》オオカミたちが無事なら、その後でいっしょに探《さが》せばいい。若《わか》いオオカミたちとやつらが仕留《しと》めた肉のところにもどろう。ぼくたち兄弟の命を救ってくれる肉のところに。

稲妻《いなずま》

ウォームの面倒《めんどう》を見ると決意している間に、人間の臭《にお》いに気づかないところだった。ぼくはしゃがみこみ、息をひそめた。

人間たちは若《わか》いオオカミに向かって歩いている。ゆっくりと、音を立てないように近づいていっている。オオカミたちは食べることに夢中《むちゅう》だ。まだリーダー争いをしている。人間たちが近づいてくる音に気づいていない。鼻も肉の匂《にお》いでいっぱいで、人間の臭《にお》いを嗅《か》ぎつけるよゆうがないようだ。男たちはちょうどオオカミたちを見下ろす高台の上でしゃがんだ。

母さんが言っていたことが胸《むね》をよぎる。「人間は一目見て、大きな音を立てるだけで相手を殺すことができる」

ぼくはじっとようすを見ていた。男たちが黒い棒《ぼう》を肩《かた》にかついだ。ここにいちゃいけない。本能《ほんのう》でそう感じる。体じゅうの毛が逆《さか》立《だ》っていた。

「動くんじゃないぞ」。ぼくはウォームに声をかけた。

ウォームは横たわったままじっとしている。若《わか》いオオカミたちは人間の臭《にお》いにもぼくの匂《にお》いにもまだ気がついていない。食べることしか頭にないのだ。肉の匂《にお》いは苦痛《くつう》だった。食べたい。ウォームはぼく以上にあの肉を必要としている。人間たちさえいなくなれば、分けてほしいと頼《たの》みに行くのだけど。そしたらぼくも食べて、ウォームにもお腹《なか》いっぱい食べられるだけ持ってもどるのだけど。あの食事の仲間入りをさせてほしい。心からそう願った。人間たちは見ているばかりだ。

でも母さんの言っていたことが引っかかる。「人間は一目見て殺すことができる」

どういう意味だろう?

と思っていると、人間たちはかついでいた棒《ぼう》から稲妻《いなずま》を放った。ぴかっと光って、雷鳴《らいめい》が轟《とどろ》き、オオカミたちが倒《たお》れた。茶色いほうのオオカミは鳴き声さえあげずに地面に倒《たお》れた。灰色《はいいろ》のほうはきゃんきゃん鳴きわめいている。走って逃《に》げようともがくのだが、後《うし》ろ脚《あし》が動かないようだ。それでも苦しそうに、脚《あし》を引きずっている。再《ふたた》び稲妻《いなずま》が放たれた。そしてまた、人間たちが何やらさけんでいる。オオカミは二頭とも倒《たお》れているが、稲妻《いなずま》と雷鳴《らいめい》は終わらない。大きな音が鳴って光が放たれるたびに、死んだオオカミたちの体が跳《は》ねる。

音が鳴るたび、ぼくは心臓《しんぞう》が粉々《こなごな》になるかと思った。パニックに襲《おそ》われて、溺《おぼ》れているみたいにうまく息ができない。

「走れ！」

ウォームはすでに走り出していた。恐怖《きょうふ》でこわばり、脚《あし》も思うように動かない中、怪我《けが》の痛《いた》みをこらえて精《せい》いっぱいの速さで走っている。ぼくもウォームを追いかけて走る。地面にクーガーの匂《にお》いを発見したら別々に逃《に》げるんだよと母さんが言っていた。でも今はウォームを置いて逃《に》げるわけにはいかない。ぼくたちは走った。全力で走った。肩《かた》をぶつけ合うぐらい身をよせ合って走る。弟はぼくが守るんだ。ぼくにはもうウォームしかいない。

後ろからさけび声が聞こえる。雷鳴《らいめい》は止《や》んでいた。

「待って」。ぼくの横でウォームが息を切らしている。

恐怖《きょうふ》のせいで、ぼくの脚《あし》は自然とよく知る土地に向かう。今朝のカラスといっしょに来た道を引き返す。どこかに隠《かく》れられる場所はなかったか、記憶《きおく》をたどる。どこか、どこでもいい。山なら木もあるし、谷も茂《しげ》みも洞穴《ほらあな》もある。草原は走り回るところばかりで、隠《かく》れるところがどこにもない。でも遠くまで走れば、暗くなって見

えなくなるはずだ。そうなると人間の鼻なんて役に立たないから、それ以上追いかけてこないだろう。

「もう少しだ、がんばれ」とぼくはとなりで転びそうになっているウォームをはげます。「あともう少し」

木があった。サンザシだ。ぼくたちはそっちに向かって走り、棘《とげ》のある枝《えだ》の下で姿勢《しせい》を低くして隠《かく》れる。ウォームは頭を地面につけて、呼吸《こきゅう》も荒《あら》い。暗くてウォームの傷口《きずぐち》は見えないが、赤いものがにじみ出てきていることが匂《にお》いで分かる。ぼくはウォームの体を包《つつ》みこむように体を丸め、静寂《せいじゃく》に希望をたくす。

棒《ぼう》が折れた時のような鋭《するど》い音が鳴り、人間たちのいるあたりから光線が走った。空から星が飛び出してきたみたいだ。光の柱が草原を素早《すばや》く横切る。ぼくは息を止めていた。光の柱がぼくたちの上を通過《つうか》する。ウォームが恐怖《きょうふ》で震《ふる》えているのが伝わってくる。星がまたさっともどってきて、その光のすべてでぼくたちを照らす。深緑色の葉や黒いサンザシの実が光にきらめく。光が動かなくなった。そこに止まったまま、ぼくたちはその冷淡《れいたん》な光を浴《あ》びて身動きが取れない。

騒々《そうぞう》しいもののうなりが静寂《せいじゃく》を破《やぶ》る。ウォームはあまりの恐《おそ》ろしさに弱々しい鳴き声をあげる。ぼくは視線《しせん》でウォームに静かにしろと伝える。人間たちは騒々《そうぞう》しいものに乗りこんで、去っていくはずだ。それから二度目のうなりが続き、それも去っていくだろう。人間たちが騒々《そうぞう》しいものの中に入ると、その後は臭《にお》いも消えてなくなる。

騒々《そうぞう》しいものが動き出し、それに合わせて地面が揺《ゆ》れた。スピードを上げ、近づいてくる。感覚で、耳で、そして臭《にお》いでそれが分かる。走り出したかった。隠《かく》れなきゃ。痛《いた》くて勇気が出ない。出て行くところもない。胸《むね》にウォームの鼓動《こどう》を感じる。ぼくと同じで、激《はげ》しく脈打っている。

騒々《そうぞう》しいものがぎしぎしと音を立てて止まった。冷たく白い光を見ていると、隠《かく》れていても恐怖心《きょうふしん》でいっぱいになってくる。

雷鳴《らいめい》が轟《とどろ》き、稲妻《いなずま》が放たれる！

鋭《するど》い牙《きば》か何かが、ぼくの耳を切《き》り裂《さ》くようにかすめて飛んでいくのを感じた。臭《にお》いも感じた。ぼくたちは跳《と》び上《あ》がり、光線から逃《のが》れ出るようにあわてて走り出す。光線が草原を行ったり来たりしている。また稲妻《いなずま》が破裂《はれつ》する。今度も頭の上の空気がこげるように感じた。鉛《なまり》の牙《きば》のようなものが目の前にぽとりと落ちて、土埃《つちぼこり》を上げた。

ウォームが急に向きを変えて走り出した。ぼくはその反対の方向に逃《に》げる。光線はぼくとウォームの両方を追いかけることはで

きない。ぼくのほうに引きつけてウォームを逃《に》がすんだ。ぼくはこっちだぞと甲高《かんだか》く鳴いた。わざとうるさい音を立てて走った。ウォームは残っている気力をふりしぼり、見事に音を殺して走っている。光線がぼくを追いかける。光の牙《きば》が足元をかすめ、また行ってしまった。ウォームの鳴き声が聞こえた。鋭《するど》く一回、悲しげな鳴き声は雷鳴《らいめい》にかき消されてしまった。心臓《しんぞう》が張《は》り裂《さ》けそうだ。ウォームの姿《すがた》が見えなくなった。このまま走って、祈《いの》ることしかできない。

目の前に広がるミント畑に跳《と》びこむ。生《お》い茂《しげ》った茎《くき》や葉っぱが体をこすり、他の匂《にお》いは何も分からなくなった。反対側に出てウォームを探《さが》そう。畑を跳《と》び出《だ》すと、目の前に黒い川が横たわっていた。後ろからは、黒い川をやって来る騒々《そうぞう》しいもののうなりよりも大きな音とともに、稲妻《いなずま》がせまってくる。怖《こわ》くて立ち止まれない。おびえているよゆうもないくらい必死だった。ちゃんと走れている。黒く横たわる川は、固いだけでなくねばっこい。川の上には昼間の熱気がまだただよっている。騒々《そうぞう》しいものは巨大《きょだい》で、ブルエルクのような咆哮《ほうこう》をあげる。あっちに曲がったり、こっちにそれたりしながら走っている。ぼくは対岸を目指してジャンプした。騒々《そうぞう》しいものがその後ろをかすめて走り去っていった。黒い川の対岸は険《けわ》しく切り立ち、草におおわれ、闇《やみ》に埋《う》もれていた。着地と同時に倒《たお》れこみ、脚《あし》を

折らないようにちぢこめて、もんどりうって転がる。
暗闇《くらやみ》の中でごろごろと転がり、ようやく止まった。夜は静寂《せいじゃく》に包まれて、ぼくは完全にひとりぼっちだった。

しばらく、岩がむき出しの険《けわ》しい斜面《しゃめん》でそのまま倒《たお》れているしかできなかった。地面がまだぐるぐる回っている気がする。息をするのも苦しい。聞こえるのは自分の心臓《しんぞう》の音だけだ。耳鳴りが止《や》むと、稲妻《いなずま》のせいでちゃんと見えなくなっていた目も、暗闇《くらやみ》の中で再《ふたた》び見えるようになった。ウォームは？　耳を澄《す》ます。ウォームを探《さが》さなきゃ。

どこにもいない。

雷鳴《らいめい》と稲妻《いなずま》は止《や》んでいた。地面をなめるように移動《いどう》していた冷たい光線も消えている。騒々《そうぞう》しいものの音も聞こえない。それにウォーム。ウォームもいなくなってしまった。

もどらなきゃ。もし生きているなら、ぼくを必要としているはずだ。長く暗い斜面《しゃめん》を見上げる。あの騒々《そうぞう》しいものが騒音《そうおん》とともにぼくのすぐ後ろを通りすぎていったことを思い出すと、体が震《ふる》える。それにあの黒い川のねばねばした感触《かんしょく》と、嫌《いや》な臭《にお》い。二度とわたりたくない。

もどらなきゃ。でもさっき目《ま》の当《あ》たりにした、耳にした、そして臭《にお》いを嗅《か》いだあらゆるものが怖《こわ》かった。あんなものからどうやって逃《に》げればいいんだ？

人間にはもう会いたくない。稲妻《いなずま》も、騒々《そうぞう》しいものも、もう嫌《いや》だ。がんばって起き上がってみる。体のあちこちが痛《いた》かった。肩越《かたご》しに、今来たほうをふり返る。

後ろでは死が待ちかまえている。行く当てはないけれど前に進むしかない。

下のほうから水の音が聞こえる。木も茂《しげ》みもなく、背《せ》の高い草も生えていないから隠《かく》れるところがない。岩を避《さ》けながら歩くところを選び、石がゆるんでいないか足下《あしもと》を確《たし》かめつつ進む。暗闇《くらやみ》の中、谷底から聞こえる水の音が案内役だ。隠《かく》れられる場所さえあればいい。誰《だれ》も知らず、安全で、ぜったいに人間に見つからない場所。肉よりも水よりも、太陽の光よりも、今は隠《かく》れる場所だ。足を引きずりながら下を目指し、さらに谷底へと下りていく。さっきまでは岩がごろごろしていたけれど、草がのび、茂《しげ》みもあって、やっと木が何本も生えているところまで来た。鼻と本能《ほんのう》で、谷底に隠《かく》れられる場所を見つけた。頭上に大きな岩が張《は》り出《だ》していて、目の前には松の木があって、地面すれすれに枝《えだ》をのばしている。ここに隠《かく》れていれば誰《だれ》にも見つからない。疲《つか》れていたけれど、ぐるりと一周しながら、気持ちを休めるためにみんなの名前をつぶやいた。パウンス、ワグ、ソング、グラウル。地面にふせた記憶《きおく》もないまま眠《ねむ》りに落ちた。

夢《ゆめ》の中でぼくは、いつ終わるとも知れない雷雨《らいう》から必死に逃《に》げ惑《まど》っていた。深い谷底にもようやく太陽の光が届《とど》くようになった頃《ころ》、目を覚ました。あちこち痛《いた》かった。疲《つか》れ果《は》てていて、水のあるところまでの数歩が出ない。危険《きけん》がないかどうか、あたりの匂《にお》いを嗅《か》ぐ。希望を求めて、もう一度匂《にお》いを嗅《か》ぐ。喉《のど》が渇《かわ》いていた。耳に神経《しんけい》を集中させながら、また眠《ねむ》りに落ちていった。次の日、目を覚ますと喉《のど》の渇《かわ》きはさらにひどくなっていた。ウォームのことは、もう希望も持てない。あの稲妻《いなずま》に襲《おそ》われた時、ウォームは弱っていたし、怪我《けが》をしていた。しばらく休んだ後、勇気を出して水を飲みに行った。翌朝《よくあさ》は危険《きけん》を承知《しょうち》で、さらに長く水を飲んだ。脚《あし》のこわばりはマシになっていた。転落した時にできたすり傷《きず》もほとんど分からない。でも痛烈《つうれつ》な記憶《きおく》がさらに鮮明《せんめい》になっている。牙《きば》のように、体の深いところまで突《つ》き刺《さ》さっている。

ウォームはぼくを追いかけてきてくれた。そして見つけてくれた。守ってやると約束した。約束したのに。

山でいっしょに過《す》ごした夏の日々を覚えている。いっしょにじゃれ合ったり、狩《か》りの真似事《まねごと》をしたり、ぼくが強くなる手助けをしてくれたのはウォームだった。ウォームのおかげで、獲物《えもの》に忍《しの》びよることも、跳《と》びかかることもうまくできるようになった。速く走れるようになったのもウォームのおかげだ。ウォームがシャープやパウンスにからかわれることを引き受けてくれたおかげで、その役目をまぬがれることもできた。ぼくが今あるのはウォームのおかげだ。それなのにウォームがいなくなってしまった。ウォームを守ってあげられるほど、ぼくは強くも速くもなかった。

ウォームはひとりぼっちで死んでしまった。そばにいてあげられなかった。オオカミの星に向かってウォームの名前を歌ってやれなかった。

夢《ゆめ》の中で、ウォームの声が聞こえる。ウォームの匂《にお》いがする。ぼくは走った。どこまでもずっと走っていた。ぼくのずっと前を走るウォームをやっと見つけたと思った時、目が覚めた。疲《つか》れて、気持ちはどこまでもしずんでいた。お腹《なか》の皮がたるんできた。でも空腹《くうふく》を感じない。ただむなしかった。

渓《けい》谷《こく》

一日がすぎ、そしてまた一日がすぎていく。目が覚めるよりも前に、空腹《くうふく》で寝《ね》ていられなくなる。立ち上がって、生きないと。このまま横たわっていたら死んでしまう。ぼくは隠《かく》れていた場所を後にして、太陽の下で体をふって毛並《けなみ》を整える。後《うし》ろ脚《あし》と前脚《まえあし》をいっぱいにのばす。

怪我《けが》をした肩《かた》の具合もよくなっている。小川に入り、岩がごろごろした浅瀬《あさせ》に沿《そ》って歩く。以前はごつごつしたところを歩くのは大変だったけれど、今はそうでもない。鹿《しか》かエルクがいないかとあたりを見回し、匂《にお》いを嗅《か》ぐ。水があるのだから、鹿《しか》やエルクがいてもおかしくない。そうしている間も気分はすぐれなかった。隠《かく》れて横になっていた間、水を飲みに来る動物はなかった。渓谷《けいこく》の崖《がけ》はとても険《けわ》しく、岸辺は岩だらけだ。歩くとたるんだお腹《なか》の皮がゆらゆらと揺《ゆ》れる。崖《がけ》のはるか上空を飛ぶカラスが黒い影《かげ》になって見える。吠《ほ》えてみた。話し相手がいなくなってずい分と長い時間が経《た》っていた。

カラスが鳴き返してくれた！　輪を描《えが》きながら舞《ま》い降《お》りてきて、ぼくのそばにとまった。以前いっしょだったカラスと同じで、胸《むね》に

毛のぬけ落ちているところがある。ぼくのカラスだ！　ぼくの尻尾《しっぽ》のあたりから少しずつ、飛《と》び跳《は》ねながら鼻先に近よってくる。前に会った時より強くなったんだぞと言いたくて、ぼくは胸《むね》を張《は》って立ち上がった。

カワセミの鳴く声が響《ひび》き、ぼくもカラスも跳《と》び上《あ》がった。カワセミは川面《かわも》すれすれを滑空《かっくう》する。ずっと同じ鳴き方で、何度も繰《く》り返《かえ》し鳴いている。大きな鳴き声だ。草原で見た緑色の小鳥みたいに空中で静止している。と思っていると、水中に飛びこみ、出てきた時には魚をくわえていた。

うまいもんだ。

お腹《なか》が空《す》いていた。

どう説得すればこの鳥は魚をゆずってくれるだろうかと考えていると、ぼくのカラスが飛び立った。円を描《えが》きながら空高く舞《ま》い上《あ》がり、小川に沿《そ》って一直線に飛んでいく。カワセミに比《くら》べると二倍の大きさだ。カラスは横からカワセミに体当たりをすると、カワセミは魚を落とした。カラスはトンボのようなすばしっこさで突《つ》っこみ、魚が川に落ちる前にかっさらった。

お見事！

お腹《なか》が空《す》いてたまらない。

カラスはぼくのとなりに舞《ま》い降《お》りてきて、獲物《えもの》を分けてくれるという。でも小さな魚だ。一口分にも満たない魚をめぐってカラスとカワセミが言い合いを始めたので、

それを聞かないですむよう、流れのない水たまりのところに移動《いどう》した。

水を飲んだ。水の中に何かいる。大きい。匂《にお》いは分からないが、動いているのが見える。水中のまだら模様《もよう》の石を背景《はいけい》に、まだら模様《もよう》の青い何かが動いている。熊《くま》が水の中の魚を掴《つか》み取《と》るところを見たことがある。ぼくは姿勢《しせい》を低くして、水面をにらみつけた。どれぐらい深いのだろう。どれぐらい深いにせよ、ぼくはお腹《なか》が空《す》いていた。

熊《くま》は手でばしゃん！　とするだけで魚を捕《つか》まえていた。やってみたが深くて届《とど》かない。魚は泳ぐ速度を速めて逃《に》げていく。ぼくは跳《と》びこんだ。口を大きく開けて、望みは高く。嚙《か》みつこうと三度試みたが、失敗。そしてついに捕《つか》まえた！　鼻にも耳にも水が入ってきたが、とにかく急いで岸辺に上がった。

毛から水が垂《た》れる。魚は真ん中でひん曲がり、くわえているのにじたばた動く。エルクも鹿《しか》も、まともな獲物《えもの》ならそんなことはしない。こんなところを見られたら父さんにそっぽを向かれてしまうだろう。シャープは笑うだろうな。でもお腹《なか》が空《す》いてい

るんだ。父さんもシャープもここにいていっしょに狩《か》りをしてくれるわけじゃない。ぼくは魚を岩の上に落としてはくわえて拾い、また落としては拾い、落としてまた拾い、そうやっているうちに魚は動かなくなった。

　魚は、表面はぱりぱりしていて、中はぐちゃぐちゃしていた。骨《ほね》が細かくて、飲みこむ時にちくちくした。獲物《えもの》を食べていると思える味ではなかったが、お腹《なか》はふくれた。カラスはうれしそうに頭と尻尾《しっぽ》を食べていた。ぼくは口の中に残った奇妙《きみょう》な臭《にお》いをすすいでから、お腹《なか》がいっぱいになるまで水を飲んだ。カラスは小川に沿《そ》って飛んでいく。ぼくの知っているところからどんどん離《はな》れていく。崖《がけ》にはさまれた渓谷《けいこく》の底を歩いていると、故郷《ふるさと》の山は見えないし、匂《にお》いも分からない。小さい頃《ころ》から耳にしてきた音も何も聞こえない。それでも山がぼくをよんでいる気がする。そっちじゃないぞと言っている気がする。でも、帰っても誰《だれ》もいない。カラスがもどってきて、ぼくの肩《かた》のところで羽ばたく。羽先が毛に触《ふ》れる。カラスは松の枝《えだ》にとまり、頭を片方《かたほう》にかしげて何か言いたげだ。そして飛び立つと、川下に向かっている。

　父さんもカラスについていっていた。ぼくは故郷《ふるさと》に背《せ》を向け、カラスに導《みちび》かれるままに歩き出す。

　ぼくたちはいっしょに旅をした。渓谷《けいこく》を後にして、黒い川からも離《はな》れ、残酷《ざんこく》な人間のいないところを目指す。水がわき出ているところを探《さが》そう。水が流れるところ、水がたまっているところ。そこに水を飲みに来た動物を捕《つか》まえられるところ。カラスはぼくが肉を引《ひ》き裂《さ》けばいつでもいっしょに食べられるよう、いつもぼくの肩《かた》の近くにいた。それが魚でもウサギでも、尻尾《しっぽ》が縞模様《しまもよう》のアライグマでも、いつもいっしょだった。

ここでは何もかもがちがう。風の匂《にお》いも、土の色も。エルクを求めてあたりを見回し、匂《にお》いを嗅《か》ぐのだが、一頭もいない。ぼくを仲間に入れてくれそうな群《む》れの遠吠《とおぼ》えは聞こえないかと耳を澄《す》ます。でも、日が暮《く》れても聞こえるのはコオロギやカエルのか細い鳴き声ばかりだった。故郷《ふるさと》のほうを見ようとふり返って地平線を探《さが》すが、山すら見えなくなっていた。方角の見当はつくのだが、見えなかった。

　この広い土地には、マーキングをするところが何もない。木もなければ川もない。オオカミのなわばりを示《しめ》すしるしも何もない。どこを見回しても同じ匂《にお》いばかりだ。地面は完全に平坦《へいたん》というわけではない。隆起《りゅうき》したところも、水が流れてできた裂《さ》け目《め》もある。錆《さ》びたような砂色《すないろ》の土が幾筋《いくすじ》にもなってゆるやかに起伏《きふく》し、そして黒や茶色や赤がさらに幾重《いくえ》にも筋《すじ》になってゆるやかに下っている。乾《かわ》いた風に吹《ふ》かれて鼻がひび割《わ》れてきた。

　ぼくは日に日に体力を取りもどしていった。体に力がみなぎるのを感じる。でも、山から離《はな》れれば離《はな》れるほど尻尾《しっぽ》を高く上げているのがつらくなる。面倒《めんどう》を見る相手も、取っ組み合いをする相手も、匂《にお》いを嗅《か》ぎ合《あ》う相手もいない。いっしょに歌う仲間がいない。追いかける尻尾《しっぽ》がない。噛《か》みつく耳もない。肩《かた》をよせ合ってしゃがみこみ、日の出の前に輝《かがや》くオオカミの星をいっしょにながめる相手がいない。一人で眠《ねむ》る夜は、夏でも寒かった。

オオカミではない

歩いて、少し走って、食べて、休んで、という日を何日もくり返した後で、今まで見たこともないものを目撃《もくげき》した。いつものように前方を飛んでいたぼくのカラスが、空中に座《すわ》ったのだ。上昇《じょうしょう》気《き》流《りゅう》に乗っているわけではなさそうだ。羽ばたいて静止しているのでもない。座《すわ》っているのだ。空中に！

　ゆっくり近づいてみる。カラスの手品だろうか。でも近づいてみると、灰色《はいいろ》の細い線の上に止まっているのだということが分かった。ミント畑の畝《うね》のようにまっすぐ、あの黒い川のようにまっすぐにのびている。人間のしわざにちがいない。ぼくは姿勢《しせい》を低くしてうなり、臭《にお》いを嗅《か》いだ。かすかに、いつのものだか分からない人間の臭《にお》いがかすかにする。全方向に耳を澄《す》ます。何の物音もしない。空気は澱《よど》み、影《かげ》は短い。用心しながら灰色《はいいろ》の線に近づく。

　カラスは自分の羽を突《つ》っついたり、ばさばさと羽をふり広げたりしている。怖《こわ》くはないようだ。さらに近づいてみる。灰色《はいいろ》の線は低いところと、真ん中と、高いところに一本ずつ、全部

で三本あった。線から枝《えだ》が生えていて、地面に突《つ》き刺《さ》さっている。人間のしわざによるものにしても、ここまで奇妙《きみょう》なものは初めてだ。三本の線には、束になって転がってきた草がからまっている。鳥たちは止まり木として利用している。人間は何のためにこんなものを作ったのだろう。人間のすることは本当に理《り》解《かい》に苦しむ。線にもたれかかると、傾《かたむ》いたものの倒《たお》れない。どっちにしても大したことではない。跳《と》びこえればいいだけだ。

　先に進もうとした時、知っている匂《にお》いがした。線に沿《そ》って進んでいくと、羊がもこもこと白く群《む》れていた。コヨーテが食べる羊みたいなものに用はない。昨日はウサギを食べた。水のあるところを見つけたら、水を飲みにやって来た鹿《しか》を捕《つか》まえられる。でも羊とは別の匂《にお》いがする。もっといい匂《にお》い。線に沿《そ》って鼻を動かすと、動物の群《む》れがいた。白いけれど、羊みたいにもこもこしていない。本物の動物だ。鹿《しか》やエルクにしては毛が長くて色が淡《あわ》い。キツネやコヨーテの匂《にお》いではない。オオカミの匂《にお》いともちがう。でもオオカミの匂《にお》いに似《に》ている。家族のみんなと離《はな》ればなれになってからずい分と経《た》っていた。ぼくは頭を思いっきり反らして、遠く吠《ほ》えた。

　風に乗って返事がかえってきた。遠《とお》吠《ぼ》えではない。甲高《かんだか》いコヨーテの鳴き声ともちがう。太い声で、ぼくの耳にはなじみがない。

「ウォウ、ウォウ」

　ぼくは反射的《はんしゃてき》に返事をした。

「ぼくはここだよ！　きみは誰《だれ》なの？」

「ウォウ、ウォウ、ウォーン！」オオカミの遠吠《とおぼ》えに似《に》た返事がかえってくる。

何て言っているのか、完全には理解《りかい》できない。

もう一度よびかけてみた。尻尾《しっぽ》を高く上げて、仔《こ》オオカミのように左右にふった。音のするほうに耳を向ける。

「ワォーン！」オオカミみたいな、だけどオオカミとはちがう声がする。

何て言っているのかなんてどうでもいい。ぼくはかけ出した。近づくにつれて匂《にお》いも強くなる。まぎらわしいほどオオカミによく似《に》た匂《にお》いのせいで、いても立ってもいられない。羊の匂《にお》いと混《ま》じってさえいなければ、どこで嗅《か》いだ匂《にお》いか思い出せるのに。

近くなってきた。羊の匂《にお》いも強くなる。面倒《めんどう》なことに巻《ま》きこまれる可能性《かのうせい》もある。走る速度をゆるめ、音を立てずに走る。どこから近づくか、風でぼくの存在《そんざい》に気づかれないよう、慎重《しんちょう》に進む。

目の前に赤い色の羊の巣穴《すあな》があった。ぼくのカラスがカーと鳴いて警告《けいこく》する。巣穴《すあな》のそばで騒々《そうぞう》しいものが眠《ねむ》っている。ぼくはさっきの吠《ほ》え声の主を探《さが》して、あたりを見回し、匂《にお》いを嗅《か》ぐ。雌《めす》だ。おそらくまちがいない。他にこんなにたくさんの匂《にお》いがなければ惑《まど》わされないのだけど。巣穴《すあな》に近づくにつれて、人間の臭《にお》いが強くなってくる。ここにオオカミ、もしくはオオカミに近い動物がいるのなら、教えてあげないと。遠く安全なところまで連れていってあげなきゃ。巣穴《すあな》の後ろにも灰色《はいいろ》の線が走っている。オオカミみたいな動物は、母羊と仔羊《こひつじ》の大きな群《む》れといっしょにこの線の内側にいる。オオカミみたいな動物はぼくのほうをまっすぐに見ている。弱々しい声で鳴きながら尻尾《しっぽ》をふっている。

線に囲まれた中には若《わか》い人間の男もいた。オオカミみたいな動物を触《さわ》っている。きれいな毛並《けなみ》をなでている。優《やさ》しく、耳のまわりを。母さんがよくなめてくれたあたりだ。殺しているわけではなさそうだ。殺そうとしているわけでもない。稲妻《いなずま》を放つ棒《ぼう》も持っていない。

何か裏《うら》があるはずだ。オオカミみたいな動物はこっちを見ているが、背《せ》の高い草やごつごつした岩の黄色や灰色《はいいろ》にまぎれているぼくを見ているわけではない。あの小さな鼻ではぼくの匂《にお》いも嗅《か》ぎ取《と》れないだろう。母羊はぼくがここにいることに気づいている。自分たちのところに仔羊《こひつじ》たちを集め、灰色《はいいろ》の線が許《ゆる》すかぎり、ぼくから遠く離《はな》れ

ていく。

オオカミみたいな動物もぼくが近くにいることに気づいたようだ。

「ウォウ、ウォウ、ウォーン！」

遠吠《とおぼ》えをしようとしている。尻尾《しっぽ》を垂《た》らして、ぼくにもっと近くに来てと言っている。ウォウ、ウォウと吠《ほ》えながら尻尾《しっぽ》をふり、灰色《はいいろ》の線から離《はな》れて走り回り、またもどってくる。オオカミの言葉は知らないようだ。それでも、全身を使って、もっと近くに来るように言っている。もう長い間、話し相手も取っ組み合いをする相手もいっしょに走る相手もいない。冷たい夜に体をよせ合って丸まって眠《ねむ》る相手がいなくなって、あまりに長い時間がすぎた。オオカミみたいな動物は体が小さく、白と薄茶色《うすちゃいろ》の妙《みょう》なまだら模様《もよう》がある。ぼくはもう一度声をかけた。若《わか》い男がオオカミみたいな動物に向かって、カケスみたいに早口で何やら言っている。オオカミみたいな動物は体をなでられてもたじろいでいない。ぼくもあの毛にすりよりたい。あのオオカミみたいな動物の立てる音を聞きたい。匂《にお》いを嗅《か》ぎたい。旅の友になってほしい。

「いっしょに行こう。線を跳《と》びこえるんだ」

オオカミみたいな動物は頭を反らし、ぼくの遠吠《とおぼ》えの真似《まね》をする。でもその意味までは分かっていないようだ。

「跳《と》びこえるんだよ。そんなに高くないから。だいじょうぶ！」

オオカミみたいな動物は、意味も分からずにぼくの遠吠《とおぼ》えを真似《まね》している。若《わか》い男に線の付近から引《ひ》き離《はな》されるがまま、ついていっている。若《わか》い男も小柄《こがら》だ。摑《つか》まれていても、わけなく逃《のが》れられるはずだ。嚙《か》めば骨《ほね》ぐらい簡単《かんたん》に砕《くだ》けるだろう。それなのに大人しくしたがっている。

「おいでよ！」とぼくは声をかけた。

ぼくは前脚《まえあし》で地面を強く蹴《け》り、ついてこられるように匂《にお》いを残していく。いっしょに行きたいはずだ。だから尻尾《しっぽ》をふっているんだ。それなのに灰色《はいいろ》の線を跳《と》びこえようとしない。

赤い巣穴《すあな》が開いた。ぼくのカラスが飛び立つ。低空でさあっと飛んで行ってしまった。中から大きな男が出てきた。稲妻《いなずま》を放つ棒《ぼう》を持っている。恐怖《きょうふ》でいっぱいになった。オオカミみたいな動物は大きな男によばれ、かけよっていった。稲妻《いなずま》を放つ棒《ぼう》を持った男のところに走っていったのだ。どういうつもりなのか、まるで理解《りかい》できない。最後にもう一度、いっしょに行こうと言いたかったが、それで自分が死んでしまってはどうしようもない。ぼくは吠《ほ》えたい気持ちをこらえ、さびしい気持ちもがまんして、逃《に》げるようにその場を離《はな》れた。ぼくの匂《にお》いは地面に残っているから、勇気を出せたら後からでも追いかけてくるだろう。でも今は、またひとりぼっちになってしまった。夜になって、月までどこかに行ってしまった。

獲物《えもの》

　走りながら、人間とあの稲妻《いなずま》を放つ棒《ぼう》のことが頭から離《はな》れなかった。恐《こわ》かった苦い記憶《きおく》に追われるように走り続ける。脚《あし》はリズミカルに動くのだけど、オオカミみたいな、だけどオオカミではない動物のことが気になってしょうがない。足を止めてふり返ってみた。あんなフェンスぐらい、跳《と》びこえられたはずだ。ぼくがよんだ時にこっちに来ることができたんだ。でも彼女はあの若《わか》い人間になでられるがままだった。人間の臭《にお》いの中で暮《く》らしていた。若《わか》いオオカミたちがコヨーテの生き方を学んでいたように、彼女は人間の暮《く》らしを学んだのだろう。ひとりぼっちのぼくのほうがマシだけど、それでもやっぱりいっしょにいたかった。

　彼女のことを考えているうちにウサギを捕《つか》まえそこねた。ぼくのカラスがもどってきた。舞《ま》い降《お》りてきて、頭の周りにまとわりついて文句《もんく》を言ってくる。カラスのほうが正しいことは分かっていたけれど、歯をむき出してうなり返してやった。小さい獲物《えもの》しか捕《と》れない時は、少しでも毎日何か捕《つか》まえないといけない。次の獲物《えもの》はきっちり捕《つか》まえられるよう、警戒《けいかい》をおこたらずに走り続ける。

　だんだん地面が乾燥《かんそう》してきた。目に見えるかぎり、木が一本も生えていない。埃《ほこり》と牛糞《ぎゅうふん》の匂《にお》いしかしない。たるんだお腹《なか》の皮を見ると、最後に鹿《しか》やエルクを食べたのがどれだけ前のことだったかを思い知らされる。日がしずみ、ぼくのカラスは寝床《ねどこ》を見つける。ぼくは獲物《えもの》を探《さが》し続ける。何もやって来ない。アライグマも、キツネも、ネズミすら見つからない。ぼくはカラスが寝《ね》床《どこ》にしている低木のそばで体を投げ出すように横になって、お腹《なか》がぐるぐる鳴るのを無《む》視《し》することに決めた。

朝になって、ぼくのカラスが獲物《えもの》を見つけてくるのを待つ。大きく輪を描《えが》くように飛んで、もどってきた。何も報告《ほうこく》すべきことはないようだ。カラスが再《ふたた》び飛び立つ。ぼくは待つ。丸っこくてみずみずしそうな虫が鼻のすぐそばをよたよたと歩いている。もう嫌《いや》だ。ぜったいに。二度と虫なんか食べない。

立ち上がって体をのばした。空を見上げてカラスを探《さが》す。気温が上がり、見わたすかぎり、自分の影《かげ》以外に影《かげ》はない。ぼくはその場で、気温の上昇《じょうしょう》とともに増《ま》してくる空腹感《くうふくかん》に耐《た》える。見える範囲《はんい》にいる生き物といえば、空の高いところを飛んでいるガンだけだ。そのガンたちもどれだけの脳《のう》みそがつまっているのか、鳴き声ばかり騒々《そうぞう》しいが、ここに降《お》りてくるほど愚《おろ》かではないようだ。カラスがもどってきた時には、影《かげ》が長くなっていた。カラスは地面をかすめるように真っすぐぼくのところに帰ってきた。何かうれしそうだ。ぼくの周りをくるくる回ってから足元に舞《ま》い降《お》りると、頭をぴょこぴょこ動かしている。獲物《えもの》が見つかったんだ。自分ではどうしようもない獲物《えもの》を見つけて、それでもどってきたんだ。ぼくは走り出した。行先はカラスが教えてくれる。走っていると空腹《くうふく》も感じなくなってくる。カラスが向きを変えて、

ぼくが追いつくのを待っている。だけどそこで日が完全にしずんでしまい、カラスは低木を見つけて翼《つばさ》の下に頭を隠《かく》してしまった。暗くなって事情《じじょう》は変わったと言わんばかりだ。月が隠《かく》れたことなんか気にしなくていいのに。星の光があるじゃないか。明るいほうがいいかもしれないけれど、ちょっと匂《にお》いを嗅《か》げば、気をつけないといけないのは土埃《つちぼこり》と牛糞《ぎゅうふん》くらいだということなどすぐに分かるのに。ぼくはカラスに向かってうなった。カラスは羽をふくらませ、抗議《こうぎ》のつもりなのか、カーと鳴いた。分かったよ。ぼくはカラスが教えてくれようとしていた獲物《えもの》を自分で見つけることにした。

空で輪を描《えが》くハゲワシも見えない。ハゲワシがいれば、その下に獲物《えもの》がいるということだ。お腹《なか》がぐるぐる鳴っている。ぼくは頭を上げて空の星に文句《もんく》を言った。

誰《だれ》も答えてくれない。

ぼくはカラスがねぐらにしている木のところにもどり、その根元に寝《ね》そべった。夢《ゆめ》の中でもお腹《なか》が空《す》いていた。

カラスもぼくも夜明けと同時に目をさまし、移動《いどう》を始めた。脚《あし》の下で乾燥《かんそう》した地面が転がる。先を飛ぶカラスを見ると、ぼくと同じようにお腹《なか》を空《す》かせているのが分かる。肩《かた》の痛《いた》みはなくなって、空腹《くうふく》のつらさだけがぼくをかり立てる。上り坂になり、まだ見えてはこないけれど、この先に黒い川が横たわっていることが音と臭《にお》いで分かる。ぼくはカラスに向かって警告《けいこく》のうなり声を上げる。カラスは全然気にしていない。もどってきて早く走れと急《せ》き立《た》てる。ぼくの走るペースはさらにゆっくりになり、人間がいないかどうか、あたりを確《たし》かめ、耳を澄《す》ます。黒い川の上に立ちこめる嫌《いや》な臭《にお》いを胸《むね》に吸《す》いこむ。カラスは早く走れとぼくに言う。轟音《ごうおん》とともに騒々《そうぞう》しいものが走り去る中、ぼくはカラスの後を追って、黒い川に沿《そ》って走る。

黒く横たわる川の岸辺に、死んだ鹿《しか》が横たわっていた。カラスがその上に舞《ま》い降《お》りる。ぴょんぴょん跳《は》ねて喜んでいる。大人の雄《お》ジカで、群《む》れがいてもみんなに行きわたるほどの肉だ。山から下りてきて以来、何日も何日もずっとがまんしていた空腹《くうふく》が、もう耐《た》えきれない。うれしくてたまらなかった。哀《かな》しみもさびしさも、何もかも忘《わす》れられた。ぼくは鹿《しか》の体に深々と牙《きば》をしずめ、腹《はら》を裂《さ》いた。一番いいところを横取りするものは誰《だれ》もいない。他のみんなが一番おいしい肉を全部食べてしまう間、見張《みは》っている必要もない。肝臓《かんぞう》も心《しん》

臓《ぞう》も全部ぼくが食べていいんだ。一口ごとに力がみなぎってくるのが分かる。皮を剝《は》ぎ、肉をのみこむ。赤いものがあごを伝う。空腹《くうふく》が満たされ、お腹《なか》のまわりの皮がぴんと張《は》る。それでもまだ肉が残っている。その中に寝転《ねころ》がりたくなるほどいい匂《にお》いだ。お腹《なか》がいっぱいになったけれど、まだ食べた。日がしずみ、それでもまだ食べた。そしてようやく空腹《くうふく》を感じなくなり、空腹《くうふく》の恐怖《きょうふ》も消えてなくなったところで顔を上げた。

その時になって初めて、となりでカラスも食べていたことに気がついた。騒々《そうぞう》しいものたちもあいかわらず猛《もう》スピードで走っている。ぼくの故郷《ふるさと》がこの黒い川を下ったところの対岸にあるということに気づいたのもこの時だった。そしてこの時になって初めて、さっきまで食べていた鹿《しか》をよく見てみた。いくつにも枝分《えだわ》かれした角を持つ大人の雄《お》ジカ。ぼくはいつも骨《ほね》と一番栄養のあるおいしいところを最後に食べるために残しておく。骨《ほね》を鼻で探《さぐ》っていて、何かがおかしいことに気がついた。肋骨《ろっこつ》がすべて折れているのだ。高いところから落ちて一本だけ折れているのではない。大きな岩が上から落ちてきたかのように、どの骨《ほね》も粉砕《ふんさい》されている。死骸《しがい》のそばにそんな大きな岩は見当たらず、岩が落ちてくるような崖《がけ》もない。ぼくがこれまで見たこともないような一撃《いちげき》を食らったにちがいない。どんなに大きな熊《くま》でも、鹿《しか》をこんなふうにやっつけるのは無理だ。

気になって、この鹿《しか》を殺した動物が嚙《か》みついた跡《あと》はないかと脚《あし》で探《さぐ》ってみる。何かぼくの知らない新しい動物、見たこともないような大きな、聞いたこともないような危険《きけん》な動物がいるのであれば、分かるかぎりのことだけでも知っておかなければならない。狙《ねら》われがちな首に傷跡《きずあと》はない。後頭部にクーガーの一撃《いちげき》を受けたらしき跡《あと》も見当たらない。下腿部《かたいぶ》にコヨーテに噛《か》まれた跡《あと》もない。だけどお腹《なか》のあたりに、氷の欠片《かけら》がいくつも見つかった。触《さわ》ってみると温かく、アカオオヤマネコの鉤爪《かぎづめ》よりも鋭《するど》く尖《とが》っている。この氷のようなものの破片《はへん》は地面にも少し落ちていた。土手にも散らばっている。それまで黒い川の音や嫌《いや》な臭《にお》いのことは気にしないようにしていたけれど、騒々《そうぞう》しく走り去っていくものたちのことが無視《むし》できなくなっていた。騒々《そうぞう》しいものが近づいてくるたびに地面が震《ふる》える。ものすごいスピードで走っていくので、夜の静かな空気の中に微風《びふう》が立つ。ぼくはカラスのほうを見て、そしてまた氷のようなものが散らばるあたりに目をやる。カラスはぼくに向かって頭を上下にふる。ぼくが何におびえているのか分かったのだ。

　これは、騒々《そうぞう》しいもののしわざだ。この鹿《しか》が走っていたところを一撃《いちげき》で仕留《しと》め、立ち止まって食べることもなく、四本の脚《あし》で走るもの全てを生かしてくれる生命に対して頭《こうべ》を垂《た》れて感謝《かんしゃ》をささげることもせず、そのまま走り去っていったのだ。母さんの言ったとおりだ。人間のすることを理解《りかい》しようなんて最初から無理なんだ。この黒い川に足を踏《ふ》み入《い》れたかと思うと、全身が震《ふる》えた。もう二度とわたらないようにしよう。故郷《ふるさと》の山はこの川をこえた向こうのどこかにあるのだけど、もうもどることはないだろう。

　ぼくは頭を上げて、はぐれてしまった家族のみんなに向けてさけんだ。ぼくのさけびは届《とど》かないだろう。誰《だれ》もどこにもいないのかもしれない。それでもぼくはみんなに向けてさけ

んだ。

「ぼくはここだよーっ。無事だからねーっ」

返事はない。くたびれて、さびしくて、うなだれた。カラスがぼくを黒い川から引《ひ》き離《はな》すように飛んでいく。カラスの後についてよろよろと歩き、カバノキの木立ちのところまで来ると、その白くなめらかな幹《みき》にもたれかかるように倒《たお》れこんだ。カラスが優《やさ》しく話しかけてきたが、何と言っているのか理解《りかい》する前に、ぼくは頭をすっかり地面に横たえて、夢《ゆめ》の中で山をかけ回っていた。

恐《きょう》怖《ふ》

　夜をずっと寝《ね》てすごした。朝日が昇《のぼ》っても、まだしばらく寝《ね》ていた。お腹《なか》がいっぱいで一日じゅう眠《ねむ》かった。それは幸せなことなのだが、いろんな記憶《きおく》が頭から離《はな》れなかった。群《む》れで狩《か》りをした後はいつも楽しかった。吠《ほ》えたり、取っ組み合いをしたり、追いかけっこをしたり。そしてひとしきり楽しんだ後は、脚《あし》も尻尾《しっぽ》も重なり合ったままみんなで横になって、家族の匂《にお》いに包まれて幸せな休息につくのだ。ぼくだけ起きて、みんなの寝息《ねいき》を聞いていることもあった。

「何にも心配することはないのよ」と母さんはよくぼくに言ってくれた。「みんないっしょだから」

　肉はまだある。鹿《しか》のところにもどることもできた。だけどひとりで食べているところを考えただけで、尻尾《しっぽ》が地面に着くぐらいだらんと垂《た》れてしまうのだ。ようやく重い腰《こし》を上げた時には、地平線の上に爪痕《つめあと》みたいな月が淡《あわ》く黄色く昇《のぼ》っていた。カラスはぼくの頭上で木にとまって、羽の中に頭を隠《かく》して休んでいる。ぼくは鼻先から尻尾《しっぽ》まで、全身をふった。胸《むね》を張《は》り、前脚《まえあし》を地面に打ちつけ、自分の体力と気力を確《たし》かめる。群《む》れのリーダーになったつもりでうなり声をあげる。でも、それを聞いてくれる仲間がいない。獲物《えもの》を分け合う仲間、いっしょに丸くなって体を休める仲間がいない。怪我《けが》の痛《いた》みも空腹《くうふく》の苦しみも、尻尾《しっぽ》をふってよろこびを分かち合えない痛《いた》み、吠《ほ》える気になれない苦しみに比《くら》べれば大したことではなかった。

目にするのも嫌《いや》だったけれど、黒い川の岸辺に立った。そして、いなくなった家族のみんなに最後のお別れをさけんだ。誰《だれ》も聞いてくれていないだろう。自分の耳にすら届《とど》かないくらいだ。それでもぼくは限界《げんかい》までさけんだ。持てる力の全てをふりしぼった。ふり返って立ち去ろうとした時に、カーブの向こうから騒々《そうぞう》しいものがやって来た。放たれた一筋《ひとすじ》の光が向こう岸を照らす。

その光の中に、ほんの一瞬《いっしゅん》、琥珀色《こはくいろ》の輝《かがや》きが見えた。ドキっとした。

オオカミだ。

また別の騒々《そうぞう》しいものがやって来て、また一筋《ひとすじ》の光を放つ。今度は琥珀色《こはくいろ》の瞳《ひとみ》だけでなく、黒い耳と黒い顔も見えた。

オオカミ！　本物のオオカミだ！

ぼくは仔《こ》オオカミのように、甲高《かんだか》く鳴いて跳《と》び上《あ》がって喜んだ。彼女に向かってよびかけた。大きく息をして、彼女の匂《にお》いを探《さが》す。黒い川の臭《にお》いに息がつまりそうになったが、その向こうに、やっぱり、雌《めす》オオカミの匂《にお》いがする。

ぼくは甲高《かんだか》い声をあげながら跳《は》ね、彼女に向かって吠《ほ》えた。返事はなかったが、明滅《めいめつ》する光の中にうかぶ姿《すがた》から、彼女にもぼくが見えていることが分かった。彼女

は向こう岸を歩いている。力強く、黒く、美しい。ぼくと同じぐらいの年齢《ねんれい》だ。いっしょに狩《か》りができたら最高だ。彼女と肩《かた》を並《なら》べて走っているところが今から目にうかぶ。耳をなめているところも想像《そうぞう》できる。どうすればこっちに来てくれるだろうか。

獲物《えもの》だ！　獲物《えもの》しかない。ぼくは昨日の鹿《しか》のところまで全力でかけた。まだ肉がいっぱい残っている脚《あし》にかぶりつき、ぐいと引きちぎった。

騒々《そうぞう》しいものの放つ一筋《ひとすじ》の光が、粉々《こなごな》になった肋骨《ろっこつ》を照らして通《とお》り過《す》ぎた。ぼくは怖《こわ》くなって肉を落としてしまった。黒い川。この黒く横たわる川は彼女を殺すかもしれない。ぼくはあわてて引き返した。これまで見た中でも一番大きくて騒々《そうぞう》しいものが近づいてきた。地面が震《ふる》えている。

「危《あぶ》ない！　下がって！」ぼくは彼女に向かってさけんだ。

彼女が頭を上げて吠《ほ》えようとしたところに、大きくて騒々《そうぞう》しいものがブルエルクのような死の雄《お》たけびを上げる。そのさけび声は耳の奥《おく》で鳴《な》り響《ひび》き、黒いオオカミの声がかき消されてしまう。低く轟《とどろ》く重々しい音が、岸辺に落ちている小石をいくつもはね上げていく。切《き》り裂《さ》くような空気に圧倒《あっとう》されて、ぼくは後ずさる。耳鳴りがおさまり、光にくらんでいた目も見えるようになった。黒いオオカミはまだ対岸を歩いている。

「わたっちゃダメだ！」

すでにまた別の騒々《そうぞう》しいものが近づいてきていた。彼女が土手にかけもどり、そしてふり向いたところでちょうど走り去っていった。

「こっちに来ないで！」

そう言いながらも、悔《くや》しさで胸《むね》がいっぱいだった。ずっと、とてもさびしかったから。こっちで、なじみのない地面だけが目の前に広がるこっち側で、彼女といっしょにいたかった。彼女は騒々《そうぞう》しいものたちから離《はな》れようとしない。その勇気がすごいと思った。でも、彼女がわたろうとすればどうなるか、考えただけで怖《こわ》かった。

彼女がぼくに向かって何か言っているようだが、その声はぼくのところまで届《とど》かない。彼女は助走をつけてもう一度試みる。見ていられない。だからと言って目をそむけることもできない。彼女はぎりぎりのところで、近づいてくる騒々《そうぞう》しいものから後ずさりする。ぼくはホッとして思わず息をのむが、騒々《そうぞう》しいものが行ってしまうとすぐに彼女は再《ふたた》び挑戦《ちょうせん》しようとする。がんこなオオカミだ。パウンスやウォームもそうだった。ぼくがいくら警告《けいこく》

しても声が届《とど》かないのだから、もっと離《はな》れさせるにはどうすればいいだろう。

「死なないでよ」とぼくはつぶやいた。そんなことになったら耐《た》えられない。父さんにあんなことがあって、ウォームもいなくなってしまって、誰《だれ》かが死ぬのはもうたくさんだ。もう見たくない。ぼくは頭を上げ、「来るな――――っ！」と息が続くかぎり吠《ほ》えた。

カラスにはぼくの声が聞こえたようだ。暗闇《くらやみ》をものともせず、ぼくのそばまで飛んで来た。その平然とした眼差《まなざ》しを見ているとグラウルを思い出した。ぼくたちがまだ小さかった頃《ころ》、境界《きょうかい》をこえて外に出ようとすると、グラウルはいつもしかめっ面をしていた。安全な巣穴《すあな》からちょっと飛び出す程度《ていど》ならまだしも、それ以上のことをしようとすると、肩《かた》の毛を逆立《さかだ》てて、前脚《まえあし》で強く地面をたたいていた。そして頭を低く下げてぼくたちの目を見てじっとにらみ、舌打《したう》ちをするように低くうなるのだ。その視線《しせん》から目をそらすことはできなかった。怖《こわ》くて動けなくなるのだ。ぼくたちに牙《きば》や爪《つめ》を向けることはなかったが、ぼくたちは、グラウルがぼくたちのために決めた一線をこえることは、ぜったいに、一度たりともなかった。

どのオオカミもこういうことをするのかどうか、とにかくやってみるしかない。黒いオオカミのために、願いをたくすしかない。

境界線《きょうかいせん》をこえようとした時、グラウルはどんなふうにぼくを見ていたか。思い出すんだ。ぼくは黒い川をはさんで、黒いオオカミの真向かいに移動《いどう》した。仔守《こも》り係のオオカミが怒《おこ》った時と同じ姿勢《しせい》をとる。騒々《そうぞう》しいものの放つ光がぼくを照らす瞬間《しゅんかん》を待って、グラウルにも負けないぐらい恐《おそ》ろしい声でうなった。その声が彼女には聞こえないことは分かっている。でも、ぼくの姿勢《しせい》や、地面をたたいていること、頭を低くしていることは見えるはずだ。威圧《いあつ》するように彼女をにらんでいること、牙《きば》をむき出してうなっていることも見えているはずだ。

「それ以上こっちに来ちゃダメだ！」

ぼくが感じている恐怖《きょうふ》と孤独《こどく》のすべてをこめてうなった。彼女を守りたくて、精《せい》いっぱいの怖《こわ》い視線《しせん》でにらみつけた。

「こっちに来るな！　来ちゃダメなんだ――っ！」

ぼくは肩《かた》が痛《いた》くなるまで地面を蹴《け》った。さけぶ声も乱暴《らんぼう》になっていた。これ以上できることはない。ぼくは黒い川に沿《そ》って土手を歩き、琥珀色《こはくいろ》の瞳《ひとみ》を探《さが》した。ぼくを見つめ返すのは暗闇《くらやみ》だけだった。ぼくはふらふらと岸辺を離《はな》れた。うなる声もかすかな鳴き声にしかならない。

やった。彼女を救ったぞ。

水

ぼくのカラスは暗闇《くらやみ》の中でぼくのそばに来てくれた。夜どおし、地面の上でいっしょにいてくれた。朝日が昇《のぼ》り、ぼくはカラスに導《みちび》かれるがままに走った。今ではカラスがぼくにとって唯一《ゆいいつ》の仲間だった。黒い川をはるか後方に置き去りにし、ぼくはうれしかった。平坦《へいたん》な地面の上は静かで、風が吹《ふ》いていた。数日は空腹《くうふく》を感じることはないだろう。だけど日中の太陽が上からめいっぱいに照りつけてくるようになると、喉《のど》がからからになった。足下《あしもと》の岩がごつごつしてくる。走る速度を落とし、足の踏《ふ》み場《ば》を選んでゆっくり進んだ。あたりを見回し、匂《にお》いを嗅《か》いで水を探《さが》すのだが、その気配すらない。

ぼくは低木の陰《かげ》に倒《たお》れこむように横になった。低木が作る影《かげ》は小さすぎて体を全部は隠《かく》してくれない。全然涼《すず》しくない。揺《ゆ》らめく太陽の光のせいで、目が疲《つか》れきっていた。目を閉《と》じて休ませ、息を吐《は》いて体の中の熱を追いやる。古い骨《ほね》のように口の中が乾《かわ》いているというのに、水の匂《にお》いはしない。毛の中に蟻《あり》が入りこんできても、それをふりはらう力も出ない。カラスが大きく円を描《えが》いてもどってきて、木の上で待っている。早く先に進みたいのだ。空を飛べるなら簡単《かんたん》だよ。脚《あし》を傷《きず》つける石がないんだから。カラスがぼくを急《せ》き立《た》てる。

「ちょっと待ってよ！」と吠《ほ》えて返す。「もうすぐ暗くなるから。そしたら少しは涼《すず》しくなるから」

月の色が濃《こ》くなり始める。月の光を頼《たよ》りに進める。でもカラスは夜になると、たとえ月が明るくても飛ぶことをやめてしまう。ぼくはオオカミとしてできるかぎりの説明を根気よく行うのだが、カラスはなっとくしない。再《ふたた》び舞《ま》い上《あ》がったので、ついていった。だけどゆっくりだった。

日中の暑さはやわらいだものの、水は見つからない。カラスは、まるでこのあたりは以前にも来たことがあって、どこに水があるのか分かっているかのように、夕日に向かって飛んでいる。灰色《はいいろ》の線をいくつも見かけたけれど、どれもこれも錆《さ》びていて、地面に落ちているか、ぐるぐる巻《ま》きの球状《きゅうじょう》になったものばかりだった。人間の臭《にお》いはもうずっと前からしなくなっていた。人間に近づくのはこりごりだ。地平線上に牛の群《む》れが見える。草やヤマヨモギの銀や金を背景《はいけい》に、錆《さ》びたような色をしている。お腹《なか》は空《す》いていなかった。とにかく喉《のど》が渇《かわ》いていた。カラスが水のあるところに案内してくれている確信《かくしん》はあった。カラスも水が飲みたいはずだ。日がしずみ、カラスは夜を過《す》ごすための木に止まる。

「水はどこだよ？」とぼくはうなる。

カラスはぼくに背《せ》を向ける。

「ここまでついてきたのに、水なんてどこにもないじゃないか！」

カラスはカーと鳴くばかりだ。羽をばさりとふると、見つけた木の上に落ち着いて寝《ね》てしまった。

ぼくは痛《いた》む足を休めるために横になる。故郷《ふるさと》の山に流れていた氷のように冷たい小川にじゃぶじゃぶと入っていくところを想像《そうぞう》する。眠《ねむ》れない。地面はごつごつしているし、風は暑く乾《かわ》いているし、故郷《ふるさと》とはちがう匂《にお》いしかしない。ぼくは仔《こ》オオカミのように声にならない鳴き声をもらした。カラスに聞かれてもかまわなかった。喉《のど》の渇《かわ》きにいても立ってもいられず、肩《かた》の傷《きず》をおおって木の皮みたいに固くなったところの下に赤いものが流れていたことを思い出した。それでも飲みたい気分だ。木の皮みたいに固くなったところを剝《は》がそうと思って、なめてみた。ざらざらしている。それに、舌《した》は砂《すな》よりも乾《かわ》いていた。なんとか木の皮の端《はし》の部分がめくれ上がった。さらに力をこめてなめてみる。ひりひりするけど気にしない。端《はし》の部分がぼろぼろと剝《は》がれ落《お》ち、そしてとうとう木の皮の全体がぼろりと取れた。うれしくなって息をのみ、それから肩《かた》をなめてみたが、飲む気満々だった赤いものは一滴《いってき》も流れていなかった。傷口《きずぐち》があったところに滑《なめ》らかなあとが白く残っているだけだった。

ぼくは頭を後ろにのけぞらせ、月まで声が届《とど》くくらい、何度も遠吠《とおぼ》えをくり返した。月明かりに照らされて、ようやく目をつぶり、眠《ねむ》りに落ちていく。月がぼくを夢《ゆめ》の中まで運んでくれた。夢《ゆめ》の中でぼくは故《ふる》郷《さと》にいた。流れ落ちる水は甘《あま》く、清らかで、冷たかった。

目が覚めると、喉《のど》の渇《かわ》きはいっそうひどくなっていた。細かい砂利《じゃり》や砂《すな》が毛の間に入りこんで、虫がついたみたいにかゆい。どれだけ転がっても足でかいてもかゆみがおさまらない。頭上では鳥たちが、川が流れるみたいに連なって飛んでいる。昇《のぼ》る太陽を後にして飛んでいくのは、鳴き鳥、わめくカモの群《む》れ、そして長く連なるガンだ。ぼくのカラスも飛び立って、その後に続く。だけどぼくはあまりに腹《はら》が立っていて、脚《あし》も痛《いた》いし、喉《のど》も渇《かわ》いているので、ついていく気になれない。ビャクシンの下でまた横になる。

次から次へと鳥たちが姿《すがた》をあらわす。雲のように空をおおうまだら模様《もよう》の鳴き鳥たちが、まるでそれで一つの生き物かのようにいっせいにやって来て、舞《ま》い降《お》りてくる。大きな灰色《はいいろ》のツルの群《む》れが長い首をのばし、大きな声で鳴きながら後からやって来る。みんな同じ方向に向かって飛び、いっせいに鳴きながら地面に降《お》りてくる。

何か見つけたのだろう。ぼくは起き上がり、大きな岩の上によじ登って確《たし》かめる。地平線上に緑色の筋《すじ》があり、その向こうが青く輝《かがや》いている。

ぼくは走り出す。地面を強く蹴《け》って、長いストライドで走る。足の裏《うら》が痛いことなど忘《わす》れていた。頭にあ

るのは水のことだけだ。ぼくがあんまり速く走るものだから、寝床《ねどこ》の中にいたフクロウの家族がびっくりして飛び立った。耳の長いウサギも飛び出して、もう一羽《わ》は反対方向に飛び出した。近づくにつれて地面がやわらかくなる。みずみずしい緑の草と、水をいっぱいにたたえた湖の匂《にお》いがしてきた。

湖だ。水を飲む。湖の水は冷たくて、凪《な》いでいて、気持ちがいい。ごくごくと飲んでやっと一息ついた。来る日も来る日も岩場を走ってきた足に、ぬかるみは優《やさ》しかった。ごろごろと転がって、毛の間に入りこんでかゆみのもとになっていた虫を洗い落とす。ばしゃばしゃという音が面白くて、その音を楽しむためだけに水をはね上げて遊んだ。ようやく満足したところで岸辺に上がって全身を震《ふる》わせた。それからもう一度体を水にくぐらせて、また全身を震《ふる》わせた。そういうことがここでは好きなだけできる。

湖の周囲には、ぼくが生まれてからこれまでの間に

見た以上の数の鳥がいた。ぼくより先に湖に降《お》り立《た》っていた大きな灰色《はいいろ》のツルたちは、さっきからずっと大騒《おおさわ》ぎしている。大きな羽をばさばさと動かして飛《と》び跳《は》ねたりくるくる回ったり、巣穴《すあな》から出たばかりの仔《こ》オオカミみたいだ。黄色くて長い脚《あし》の、もう少し小さいツルもいる。真っ白な白鳥は首が長くてくちばしが黒く、たがいにあいさつをするみたいに首を上下に動かしている。いろんな色のカモやガンが輪を描《えが》くように泳いでいる。背中《せなか》に小さいのを乗せて泳いでいるのもいれば、一列になってがーがー鳴いているふわふわした連中を後ろにしたがえているのもいる。羽さえ気にならなければ食べたい放題だ。温かい風が吹《ふ》いてきて、濡《ぬ》れた毛を乾《かわ》かす。獲物《えもの》を探《さが》して岸辺をながめる。蹄《ひづめ》のある動物が水を飲みにやって来るのは夕暮《ゆうぐ》れ時《どき》だ。その時を待とう。

ぬかるみに蹄《ひづめ》のあとがいくつも残っている場所があったので、その近くに生えている背《せ》の高い草むらに隠《かく》れて待つ。影《かげ》が長くなってきた頃《ころ》、若《わか》い雄《お》ジカが水辺にあらわれた。角がまだ短く、いくつもの試練《しれん》を乗りこえてきた雄《お》ジカならあるはずの傷《きず》あとは一つも見当たらない。警戒《けいかい》しているようだが、まだまだ甘《あま》い。ぼくはその若《わか》い雄《お》ジカに飛びかかり、逃《に》げる暇《ひま》をあたえずに必殺の一撃《いちげき》を加えた。雄《お》ジカが水辺に崩《くず》れ落《お》ちる。

食べる前に一呼吸《ひとこきゅう》置いた。父さんが教えてくれた感謝《かんしゃ》の時間だ。ぼくが初めて自分だけで仕留《しと》めた獲《え》物《もの》。魚とかヘビとか、アライグマとかネズミとか、小動物は祝福の対象《たいしょう》ではなかった。でも今回は父さんもほこりに思ってくれるはずだ。

ぼくのカラスもお腹《なか》を空《す》かせていることだろう。ぼくたちは何日も食べていなかった。ぼくはカラスをよび、雄《お》ジカの皮を剝《は》いだ。おいしい部分が、湯気がたつほど温かな塊《かたま》りとなって飛び出した。ぼくは何口か食べてから、またカラスをよんだ。干《ひ》からびた平野をはるばるここまで導《みちび》いてくれたのはカラスだ。いっしょに食べたいと思った。自分だけで食べているのは悪い気がした。

カラスは降《お》りてこない。

もう一度声をかける。

草むらの中からカラスの群《む》れが、大きな声で鳴きながらいっせいに飛び立った。それがみんなぼくのところにやって来て、肉のまわりに群《むら》がりはじめた。よろこんで分けてあげた。ぼくはオオカミが食べるべき部分を食べ、残ったところをカラスたちが突《つ》っついているのをながめながら、そのそばで肉を噛《か》んだ。

カラスの群《む》れの中にぼくのカラスの姿《すがた》を探《さが》すのだが、みんなよく似《に》ている。よんでも誰《だれ》も顔を上げない。あたりの匂《にお》いを嗅《か》いでみてもカラスの匂《にお》いは区別がつかない。ぼくのカラスは胸《むね》のところに、ちょうどぼくの肩《かた》にできた白い傷《きず》あとのような、羽のぬけ落ちた部分があった。それを探《さが》してようやく見つかったので、甲高《かんだか》く吠《ほ》えてよんだ。

ぼくのカラスは食べることをやめず、まるでぼくなどいないかのように、群《む》れの仲間と何やら言い争っている。オオカミとカラスが絆《きずな》を結ぶのは無理なのだろうか。何日もいっしょに旅したことなんて、何の意味もなかったみたいだ。影《かげ》がさらに長くなり、空気がひんやりしてくると、カラスたちは一羽《わ》残らず、ふり返りもせずに空に飛び立っていった。みんな湖の向こう側、ぼくから遠く離《はな》れたところでいっしょに寝《ね》るのだろう。ぼくのカラスには仲間がいたんだ。

お腹《なか》は満たされていた。水も、どれだけ飲んでも飲《の》み干《ほ》せないほどたっぷりある。それなのにこんなにむなしい気持ちになるなんて初めてだ。分かっている。ずっと分かっていたことだ。カラスとぼくでは群《む》れを作れないことぐらい。鳥にパウンスやワグの代わりはできない。ウォームの代わりになどなれるはずもない。それでもずっといっしょに旅をしてきた仲だ。肉も分け合ったし、ぼくをずっと案内してくれて、ずっといっしょだったじゃないか。ハトがいくら優《やさ》しく鳴いても、ミソサザイがいくらほがらかに鳴いても、ぼくの心はなぐさめられない。雲が金色にそまり、オレンジに、そしてピンクに変わり、空の青は色濃《いろこ》く、さらに色濃《いろこ》くなっていく。こんな美しい光景を目《ま》の当《あ》たりにしていても、気持ちは晴れなかった。

山

ぼくは唯一《ゆいいつ》の友に背《せ》を向けて、湖岸に沿《そ》って歩き出した。ひんやりとした泥《どろ》が脚《あし》の裏《うら》にやわらかい。カモや鹿《しか》やコヨーテの足跡《あしあと》だらけの中にオオカミの足跡《あしあと》を探《さが》す。ここにはいろいろなものがたくさんあった。だけど、ぼくが水や食べるものよりも必要としているただ一つのものだけがない。ここをオオカミが通った形跡《けいせき》が、何一つ見つからないのだ。名前すら知らないものもふくめて獲物《えもの》はいくらでも見つかるのに、それを捕《つか》まえていっしょに食べる相手がいない。

それでもお腹《なか》が満たされて、見上げれば満天の星が輝《かがや》いて、ふさぎこんでいる場合ではない。夜の間の移動《いどう》をしばらくしていない。山の肌寒《はだざむ》さが恋《こい》しかった。雲や霧《きり》や雨をなつかしく思った。平野では月明かりでさえ容赦《ようしゃ》がない。今夜は半月で、光をさえぎる雲がひとかけらもないまま朝を迎《むか》えた。

地面は見わたすかぎり、四方八方どこまでも広がっている。どこを向いてもまったく同じ光景が続く。立ち止まり、風の匂《にお》いを嗅《か》ぐ。こちら側には湖が広がり、鳥たちが飛び、それ以外はヤマヨモギが見えるばかりだ。湖からケロケロケロとカエルの鳴き声が聞こえてきてゾッとした。一度だけ、カエルを食べようとしたことがある。シャープに食べてみろとけしかけられたのだ。それまで食べたものの中で、飛びきりまずかった。外側はねちゃねちゃしていて、中はにがい。スズメバチの巣を掘《ほ》り出《だ》してしまったことのあるワグでさえ、カエルを食べるようなまねは決してしなかった。パウンスは何日もぼくをからかった。それ以来、ぼくは斑点《はんてん》のあるものはぜったいに食べないようにしている。

　この広い大地のいったいどこにオオカミたちはいるのだろうか。獲物《えもの》がいくらたくさんいても、ぼくがいるべきところだと思えない。ぼくは湖を後にした。日が昇《のぼ》る頃《ころ》には、湖ははるか後方で青く銀色に輝《かがや》き、地平線の上には山がそびえていた。山はその一つだけだ。それでもとにかくぼくの足はその山に向かう。エルクは斜面《しゃめん》になった草地を好む。どこかにオオカミがいるとしたら、それは山だ。足元がはっきり見えるようになったので足取りも軽い。高地になって空気が澄《す》んできたのはうれしい変化だ。

　頂上《ちょうじょう》から中腹《ちゅうふく》にかけて、雪が幾筋《いくすじ》かになって残っている。ということは、このまま行けば水があるということだ。ペースを崩《くず》さずに上を目指す。さっきまでは薄緑色《うすみどりいろ》のヤマヨモギが茂《しげ》みを作っていたけれど、だんだんもっと濃《こ》い緑色のビャクシンが目立つようになってきた。木はまばらで、あちこちに散在《さんざい》している。幼い頃《ころ》からなじみのある木に比《くら》べると小さい。こんな木じゃ獲物《えもの》は何も隠《かく》れていないだろう。この先の崖《がけ》か、巨岩《きょがん》が転がるあたりだろうか、マーモットの匂《にお》いがする。ジリスとちがって、見つからないようにじっとしているようだ。賢《かしこ》い連中だ。ジリスならそんなふうに頭を働かせることもなく、危険《きけん》の確《かく》認《にん》などせず隠《かく》れていたところから飛び出してくる。わざわざ捕《と》って食べる気にもならない。一口分のしましま模様《もよう》と金切り声。その程度《ていど》のものだ。蛾《が》でも何でも選《え》り好《この》みせず食べる熊《くま》でさえ、ジリスは相手にし

ないだろう。

さらに登ると、木が見当たらなくなり、この世のありとあらゆる花が咲《さ》いているかと思うような草地になった。緑や黄色やオレンジ、青の花が咲《さ》きみだれる草地をジグザグに進む。鹿《しか》でもエルクでも、獲物《えもの》になるものの形跡《けいせき》を探《さが》しているんだと自分に言い聞かせていたが、お腹《なか》は昨日からずっと満腹《まんぷく》だ。本当に探《さが》しているのは、他のオオカミの匂《にお》いか、足跡《あしあと》か、毛の房《ふさ》だ。

ここは山だ。山なんだ！　オオカミがいるはずなんだよ。

何日も走りどおしだった。丸々と太っていた月がやせ細り、そしてまた太り始めている。黒い川をわたって以来、オオカミの糞《ふん》の一つも見ていない。足跡《あしあと》も。マーキングの跡《あと》も。以前は兄も姉も弟もいた。群《む》れがあった。世界がこんなにも広いなんて、こんなにも広い世界でひとりぼっちになってしまうなんて、夢《ゆめ》にも思っていなかった。黒い川の対岸にいた黒いオオカミのことを思い出していた。ぼくが追っぱらったオオカミ。騒々《そうぞう》しいものにぺしゃんこにされるかもしれなかったところを救《すく》ってあげたことを後悔《こうかい》はしていない。生きていてくれることを願う。でも、やっぱりひとりはさびしい。どこかにオオカミがいるはずだ。それなのにどっちに行けばいいのかさえ分からない。

太陽が真上に昇《のぼ》る頃《ころ》、尾根《おね》の頂《いただき》で立ち止まる。大きな岩の間に隠《かく》れる場所があった。そこなら背《せ》の高い草も生えているから、ぼくは誰《だれ》からも見られない。ハゲワシが二羽《わ》、上昇気流《じょうしょうきりゅう》に乗って行ったり来たり、ゆらゆらと舞《ま》っている。蜂《はち》の羽音にさそわれるように眠《ねむ》りに落ちていく。夢《ゆめ》の中で、蹄《ひづめ》の音を遠くに聞いていた。夢《ゆめ》の中で、エルクがこっちに向かって走ってくる。食べきれないほどのエルクの群《む》れをオオカミの群《む》れが追いかけている。どんどん近づいてきて、さらに近づいてきて、ぶつかりそうになったところでびっくりして目を覚ました。あたりには何もなく、風だけが吹《ふ》いている山の頂上《ちょうじょう》で、ぼくはひとりぼっちだった。

すぐそばまで来ていたのに！　夢《ゆめ》だったことは分かっていたけれど、期待をこめて吠《ほ》えてみた。こだまがぼくをからかう。頭をどさりと地面に横たえる。こんなに広いのにオオカミが一頭もいないなんて、どういうことだよ。ため息が出る。そして——、地面が震《ふる》えているのを感じた。

耳を澄《す》まし、あたりの匂《にお》いを嗅《か》ぐのだけど、エルクの気配は感じられない。首とあごを地面にぺたりとつけたままの体勢《たいせい》を維持《いじ》する。地面は確《たし》かにエルクが移動《いどう》している時のように揺《ゆ》れている。夢《ゆめ》ではない。体に感じる地面の震動《しんどう》が激《はげ》しくなる。エルクの匂《にお》いはしない。しばらくすると、山をかけ上がってくる蹄《ひづめ》の音が聞こえてきた。でも何かおかしい。リズムが少し変だ。ぼくは立ち上がり、姿勢《しせい》を低くして、何かあった時のためにいつでも走り出せる体勢《たいせい》を取る。移動中《いどうちゅう》のエルクの甲高《かんだか》い鳴き声がしないかと耳を澄《す》ます。でも聞こえてくるのは鼻を鳴らしているみたいな低い音ばかりだ。ぜったいにおかしい。何が鳴いているのかは分からないが、たくさんいる。砂埃《すなぼこり》！　それから斜面《しゃめん》を登ってやって来たのは……、馬だ！

　馬は人間のために荷物を運ぶ動物だ。山で暮《く》らしていた時も、馬はいつも人間といっしょにやって来た。食べるものも分け合っていた。人間を探《さが》してあたりを見回し、匂《にお》いを嗅《か》ぐ。人間の気配はない。先頭を走る馬は他の馬たちよりも体が大きく、最後尾《さいこうび》につけている馬はさらに背《せ》が高い。馬の群《む》れはぼくのいるところからちょうど見下ろす位置に広がる草地にやって来ると、走る速度をゆるめ、立ち止まって草を食《は》み始めた。一番小さな二頭が、首のあたりを噛《か》み合《あ》ったり、他の馬たちの周りで追いかけっこをしたりしている。背《せ》の高い一頭が草地の周辺をゆっくりと歩いている。風の匂《にお》いを嗅《か》いでいるのは、トラブルを警戒《けいかい》しているのだ。取っ組み合いの行方《ゆくえ》を見守り、仔馬《こうま》たちが草地の向こうの切り立った崖《がけ》に近づきすぎると、体をよせて危険《きけん》から遠ざけ、けんかを始める馬たちがいれば、正確に狙《ねら》いを定めた一噛《ひとか》みで仲裁《ちゅうさい》している。群《む》れの父馬なのだ。見ていればすぐに分かる。馬たちはみんなコヨーテみたいな色をして、たてがみと尻尾《しっぽ》と脚《あし》は黒く、背中《せなか》に長い筋《すじ》が一本入っている。一番太ったリーダーの雌馬《めすうま》は、草地の周囲を歩いているうち、張《は》り出《だ》した岩の陰《かげ》に雪が残っているのを見つけた。大きな塊《かたま》りをいくつか蹴《け》って落とし、とけた水を飲んでいる。それからまたゆっくりと、さっきまでよりもさらにのんびりしたペースで歩き出す。

　リーダーの雌馬《めすうま》の匂《にお》いがどこか変だ。狩《か》りで仕留《しと》めたエルクから流れる赤いもののような匂《にお》いがする。

だけどそれではない匂《にお》い。内臓《ないぞう》にかぶりついた時に流れ出る黒っぽいねばねばしたものにも少し似《に》ている。でもそれでもない。これまで嗅《か》いだことのない匂《にお》いだ。父馬も気づいているようだ。上唇《うわくちびる》をひん剝《む》いてその匂《にお》いを吸《す》いこんでいる。雌馬《めすうま》に近づき、優《やさ》しく声をかけている。鼻先で軽く触《ふ》れ、肩《かた》にもたせかけて休ませてあげている。その微笑《ほほえ》ましい光景から目が離《はな》せなかった。ウォームのことや、巣穴《すあな》でいっしょにすごした日々のことを思い出す。ぼくは背《せ》の高い草の中からじっと見ていた。

結局何の匂《にお》いだか分からない匂《にお》いが強くなってきた。野性的《やせいてき》な匂《にお》いだ。刺激的《しげきてき》で、その匂《にお》いのせいなのか、お腹《なか》が空《す》いてくる。丸々と太った馬の歩みがさらに鈍《にぶ》くなる。草の上に身を横たえ、そして起き上がる。水と、少しばかり赤いものが後《うし》ろ脚《あし》を伝っている。病気だろうか。再《ふたた》び横になると、父馬が彼女を守るように立ちはだかった。他の馬たちも一頭ずつやって来て鼻をすりよせていく。何かが起きているのだ。横になった馬が身震《みぶる》いを始めた。匂《にお》いはどんどん刺激的《しげきてき》になり、水もどんどんあふれ出てくる。

何かが起きていることはまちがいない。何か、おいしいことだ。ぼくは尻尾《しっぽ》の上に座《すわ》りこんでじっと待った。

父馬がはげますように鼻を鳴らし、低くうなっている。しばらくして、雌馬《めすうま》のお尻《しり》のあたりから大きな塊《かたま》りが出てきた。ねばねばした黒い塊《かたま》り。今まで見たことがない

ものだし、見ていて気持ちのいいものではないけれど、何かとてもすばらしいものにちがいない。目をそらせなかった。

横になった雌馬《めすうま》は、大きく身震《みぶる》いしながら息を吸《す》っている。黒い塊《かたま》りがさっきよりも長く、ねばっこくなる。ぼくが知っている病気とはちがう。父馬はずっと見張《みは》りに立ったまま、献身的《けんしんてき》で、頼《たの》もしい。影《かげ》が長くなり、空気がひんやりしてくる。雨もぱらぱらと落ちてきた。葉の長い草に落ちた雨粒《あまつぶ》をなめながら、馬から目を離《はな》せない。馬は立ち上がろうとするが、もう少しというところでどさりと倒《たお》れてしまう。塊《かたま》りは長く、さらに長くなる。

すると、ぬめぬめした黒い塊《かたま》りに裂《さ》け目《め》ができた。そして脚《あし》が二本出てきた！　蹄《ひづめ》があって、膝《ひざ》があって、夜みたいに黒い脚《あし》。びっくりした！　塊《かたま》りの中に小さな馬がいる。母馬がみんなに見守られながらこの仔馬《こうま》を産んでいたのだ。巣穴《すあな》もなく、隠《かく》れるところも何もないところで。だけどそこには家族がいた。みんなで見守り、声をかけ、鼻と鼻で触《ふ》れ合《あ》っている。低い鳴き声やいななきが続き、そして脚《あし》をおおっているのと同じ膜《まく》に包まれた頭も出てきた。父馬がその膜《まく》にかぶりつくと、頭があらわれた。母馬がよろよろと立ち上がると、残りの部分が水といっしょにばしゃっと出てきて、おいしそうな匂《にお》いが一気に立ちこめた。

狩《か》り

期待でお腹《なか》がぐるぐる鳴っている。生まれたばかりの動物がおいしいことは誰《だれ》でも知っている。狩《か》りを習っていた頃《ころ》、グラウルが仔《こ》ジカの仕留《しと》め方を教えてくれた。万が一、みんなとはぐれてしまって、グラウルみたいに脚《あし》の自由が利《き》かなくなった時のためにと言って教えてくれたのだった。仔《こ》ジカは甘《あま》くてやわらかく、骨《ほね》も簡単《かんたん》にくだけて、それまで味わったことがないくらいおいしかった。

　母馬は長い時間をかけてゆっくりと仔馬《こうま》をなめて、生まれてくる時に包まれていた薄《うす》い膜《まく》をきれいに取ってあげている。父馬は後《うし》ろ脚《あし》で立ち上がり、新しい生命の誕生《たんじょう》をほこるかのようにいなないた。それを聞いていると、なんだか不安になって体が震《ふる》えた。父馬は草地の周辺を疾走《しっそう》している。大きな肩《かた》の前に後ろにたてがみが揺《ゆ》れている。自分たちのなわばりだと誇示《こじ》するために、強い臭気《しゅうき》とともに湯気の立つマーキングをつけている。蹄《ひづめ》をじっと見ていると、ぼくに瀕死《ひんし》の重傷《じゅうしょう》を負わせたエルクを思い出した。骨《ほね》の砕《くだ》ける音が今も耳の奥《おく》に聞こえるようだ。そんなことを思っていると、肩《かた》がまたうずき出した。皮膚《ひふ》に残る白い跡《あと》をなめて気持ちを落ち着ける。この群《む》れの父馬はエルクほど背《せ》は高くないけれど、エルクにも負けないほどがっしりとたくましい。金色がかった茶色の毛並《けなみ》が、傾《かたむ》き始めた午後の陽光に輝《かがや》いている。この父馬に蹴《け》られたら二度と歩けなくなるだろう。にらまれないようにしないと。

他の馬たちも、生まれたばかりの馬のところにやって来る。みんな鼻をすりよせ、やさしく話しかけている。そして汗《あせ》にぬれた母馬の首すじやわき腹《ばら》にそっと触《ふ》れている。みんなで母馬を立たせようと、地面に横たわって体を乾《かわ》かす仔馬《こうま》を踏《ふ》まないように気をつけながら、母馬の周囲を歩きまわる。気づかいと優《やさ》しさは群《む》れならではのものだ。ぼくにもそういう群《む》れがあった。父馬は自分の家族をながめながら、ほこらしげに低くうなる。

ぼくが求めているのはこれなんだ。仲間に入れてくれる群《む》れならどこでもいいわけではない。ぼくが率《ひき》いる群《む》れ。ぼくがずっとシャープのボスになりたいと思っていたのは、一番大きいことよりも一番速いこと

のほうが大事だということを証明《しょうめい》したかったからだ。ウォームの面倒《めんどう》を見て、ウォームのために獲物《えもの》を捕《と》ってきて、ウォームを守ってあげたいといつも思っていた。でもこれはそれ以上のこと、もっと、ずっと大事なことだ。故郷《ふるさと》とよべるところがほしい。ぼくの居場所だと思えるところ、すばらしい場所、緑がいっぱいあって、エルクもたくさんいるところにマーキングをしたい。雪が降《ふ》ったり、雨が降《ふ》ったり、走り回れる広いところがほしい。雪の降《ふ》る季節まで探《さが》し回ることになったとしても、必ずそういうところを見つけてみせる。あきらめるもんか。故郷《ふるさと》とよべる土地を見つけて家族を持つことを考えていると、月に向かって吠《ほ》えたくなる。たとえ吠《ほ》えているオオカミがぼくだけだとしても。

今は吠《ほ》える時ではない。移動《いどう》しなきゃ。馬たちをそっとしておこう。太陽が地平線にしずみ、ぼくは最後の光を頼《たよ》りに、馬のなわばりを通過《つうか》せずに山を下りるルートを確《たし》かめた。そしてその場を去ろうとしていた時だった。背後《はいご》で石が転がり落ちる音がした。すぐに警戒体勢《けいかいたいせい》に入る。何も近づいてくる匂《にお》いは感じなかった。足音も聞こえなかった。ということは、考えられるのはただ一つ。ハンターが近くにいるんだ。大きな岩が点在《てんざい》する背後《はいご》の一帯を見わたすと、いた。クーガーだ。仔馬《こうま》を狙《ねら》っているんだ。

母さんに最初に言われたのは、クーガーに気をつけなさいということだった。母さんはぼくたちを連れて森に入り、そこに残されていたクーガーの足跡《あしあと》を見せた。その時にぼくたちはその形と匂《にお》いを覚えたのだった。母さんはクーガーの毛の色と顔の模様《もよう》についても教えてくれた。

「クーガーは音を立てずに忍《しの》びよって獲物《えもの》を狩《か》るハンターなの」と母さんは言っていた。「木にも登るし、後ろから襲《おそ》ってきて、それにいつだって必ず幼《おさな》い仔《こ》を狙《ねら》うの。気をつけるのよ！」

ぼくは肩《かた》ごしにふり返り、草地にいる馬たちを見た。そこで夜をすごすつもりで、生まれたばかりの仔《こ》馬《うま》とたがいの温《ぬく》もりに包まれて穏《おだ》やかにすごしている。父馬も疲《つか》れ切ったようすで、頭を下ろして休んでいる。馬たちには危険《きけん》を知らせてくれるカラスがいない。

逃《に》げ道を確認《かくにん》する。ぼくはもう夜の間に狙《ねら》われるような小さなオオカミではない。クーガーが狙《ねら》うとすれば、生まれたばかりの仔馬《こうま》だろう。ぼくはゆっくりこの場を去ればいい。でも馬は孤独《こどく》な動物でも卑劣《ひれつ》な動物でもない。羊のように何も考えずに草を食《は》んでばかりいる動物でもない。群《む》れで暮《く》らしている。ぼくが危険《きけん》を知らせてあげられる。知らせてあげなきゃ。

クーガーはぼくより大きかった。ぼくなら泳いでわたらないといけない川もクーガーは軽々と跳《と》びこえられるし、鳥のように木に跳《と》び移《うつ》ることもできる。群《む》れといっしょなら全然怖《こわ》くないのだけど、今のぼくには仲間がいない。それにクーガーは危険《きけん》な存在《そんざい》だ。せまってくる。匂《にお》いで気づかれるのも時間の問題だ。ぼくは決断《けつだん》した。

鋭《するど》く吠《ほ》えた。それがぼくにできる精《せい》いっぱいの警告《けいこく》だ。そして尾根《おね》からかけ下りる。速さには自信があったが、短い距離《きょり》ならクーガーのほうが速い。ぼくは加速し、目にうつる範囲《はんい》で一番険《けわ》しいルートを選んで走った。

父馬はすぐに起き上がった。そしてぼくの警告《けいこく》にこたえるようにいなないた。蹄《ひづめ》で地面を蹴《け》っている。群《む》れのみんながそれに反応《はんのう》する。馬たちが早がけしながら仔馬《こうま》を取り囲んでいるのが音で分かった。いないてクーガーを威嚇《いかく》している。みんなのいななきが一つになって、まるで吠《ほ》えているようだ。仔馬《こうま》が捕《つか》

まって最期《さいご》の鳴き声を上げるのは聞こえなかった。クーガーは馬をあきらめたのだ。
ということはぼくに向かってきているはずだ。ぼくは肩《かた》ごしに後ろに気を配りながら、ジグザグに走る。クーガーは影《かげ》のように音も立てずに走る。クーガーがせまってきている音は聞こえない。牙《きば》と爪《つめ》でやり合うことになったら、もちろん戦うつもりだった。大きな岩を跳《と》びこえる。馬たちからはすっかり遠く離《はな》れたところまで来た。馬たちの匂《にお》いもしない。ぼくは自分のスピードに希望のすべてを賭《か》ける。この脚《あし》に導《みちび》かれるまま、まっすぐに山をかけ下りる。出《で》っ張《ば》った岩棚《いわだな》から飛びかかられないよう、広く開けたところを選んで走る。後を追ってくるクーガーの匂《にお》いがしない。それでもスピードを落とすつもりはない。樹木限界線《じゅもくげんかいせん》を全速力でかけぬける。ビャクシンの木立ちもヤマヨモギの茂《しげ》みも走りぬける。

　平地に出てもまだ走る。一日の最後の光が、ポプラの木の白い幹《みき》に反射《はんしゃ》して金色に輝《かがや》いている。ぼくは大きく方向を変えて、後ろをふり返り、なおも走り続ける。夕暮《ゆうぐ》れの中、動くものは何も目にうつらない。あたりの空気にクーガーの匂《にお》いはまったく感じられない。カラスがいっしょにいてくれたら、警告《けいこく》を発してくれるのだろう。今は自分だけが頼《たよ》りだ。自分の忍耐力《にんたいりょく》を信じた。クーガーのスピードにはかなわないが、スタミナでオオカミに勝《まさ》る動物はいない。トラブルはどうやら遠ざかったようだ。スピードをゆるめ、ゆったりとしたかけ足になり、そして歩き始めた頃《ころ》にはすっかり暗くなっていた。

　今回は運が味方をしてくれたけれど、もうさっきのようなことはしない。自分とは無関係の群《む》れのためにああいうことはもうできない。夜どおし歩いた。あいかわらずひとりぼっちで。生きていることに感謝《かんしゃ》しながら。

追《つい》跡《せき》

オオカミの星が背後《はいご》に昇《のぼ》る。ぼくはふり返り、後ろを見やった。ずっと見ているうちに星は消えて見えなくなり、地平線が金色に輝《かがや》き始めた。故郷《ふるさと》にもどることもできた。来た道を引き返せばいいのだ。自分の匂《にお》いをたどって、黒い川にもう一度挑《いど》めば、その向こうには愛する山、ぼくを生かしてくれるエルクが待っている。風が出てきた。ぼくの周りでは、背《せ》の高い草の中で黄色い小鳥たちが茎《くき》にしがみついて、大きく揺《ゆ》れては揺《ゆ》れ返している。かわいく鳴いたり、口笛みたいな音を鳴らしたり、みんなでいっしょに声を震《ふる》わせたり、まるで群《む》れで吠《ほ》えているみたいだ。今も群《む》れのみんなといっしょに吠《ほ》えている夢《ゆめ》を見る。頭を反らせて吠《ほ》える時の気分は忘《わす》れられない。声が水のように波となって全身を包む。吠《ほ》えた後は、みんながいっしょなら不可能《ふかのう》なことは何もないとさえ感じた。

でもぼくの群《む》れのみんなはもういない。山にもどれば、白いオオカミの群《む》れと戦わなければならない。ぼくは以前よりやせてしまった。肩《かた》の傷《きず》は癒《い》えて、以前のように速く走れるようにはなった。でも群《む》れのみんなといっしょだった頃《ころ》でも、体が一番大きかったわけではない。ぼくは昇《のぼ》る太陽に背《せ》を向けた。ぼくみたいなオオカミに、帰るという選択肢《せんたくし》はなかった。

　わき水の音が聞こえた。音のするほうに行ってみると、石の間から水がわき出ていた。冷たい水を舌《した》ですくうようになめてから、小川に沿《そ》って歩いていると大きな川に出た。何か獲物《えもの》になる動物が水を飲みに来るかもしれない。待っているだけでいい。土手にいくつもネズミの足跡《あしあと》があった。また水を飲んで、休《きゅう》憩《けい》するのにちょうどいい影《かげ》を探《さが》す。低木の下に影《かげ》ができていた。水の音が心地いい。日中の暑さの中、ずっとまどろんでいた。夕方、やって来た鹿《しか》を捕《と》って食べた。疲《つか》れた脚《あし》をのばすとあくびが出た。その時に吸《す》いこんだ空気がかすかに、この匂《にお》いは、まさか……。

　鼻を上に向けたが、匂《にお》いの源《みなもと》はどうやら地面にあるようだ。足跡《あしあと》。オオカミの足跡《あしあと》！　分かる！　ぼくは仔《こ》オオカミのように飛び上がり、跳《は》ね回《まわ》り、地面に鼻をつけて足跡《あしあと》をたどった。疲《つか》れていることなどすっかり忘《わす》れていた。下流に向かっている。ぬかるみの中に、爪《つめ》と指と肉趾《にくし》の跡《あと》もはっきりと分かる足跡《あしあと》があった。ぼくの足跡《あしあと》と同じぐらいの大きさだ。その足跡《あしあと》の匂《にお》いを吸《す》いこむ。思い出す。最後に他のオオカミといっしょにいたのはもうずい分と前のことだ。深く吸《す》いこみ、目をつぶって思い出す。雌《めす》だ。姉さんたちではない。母さんでもない。でもこの匂《にお》いは初めてじゃない。黒い川の対岸にいたあのオオカミだろうか。あの黒い川をわたったのだろうか。

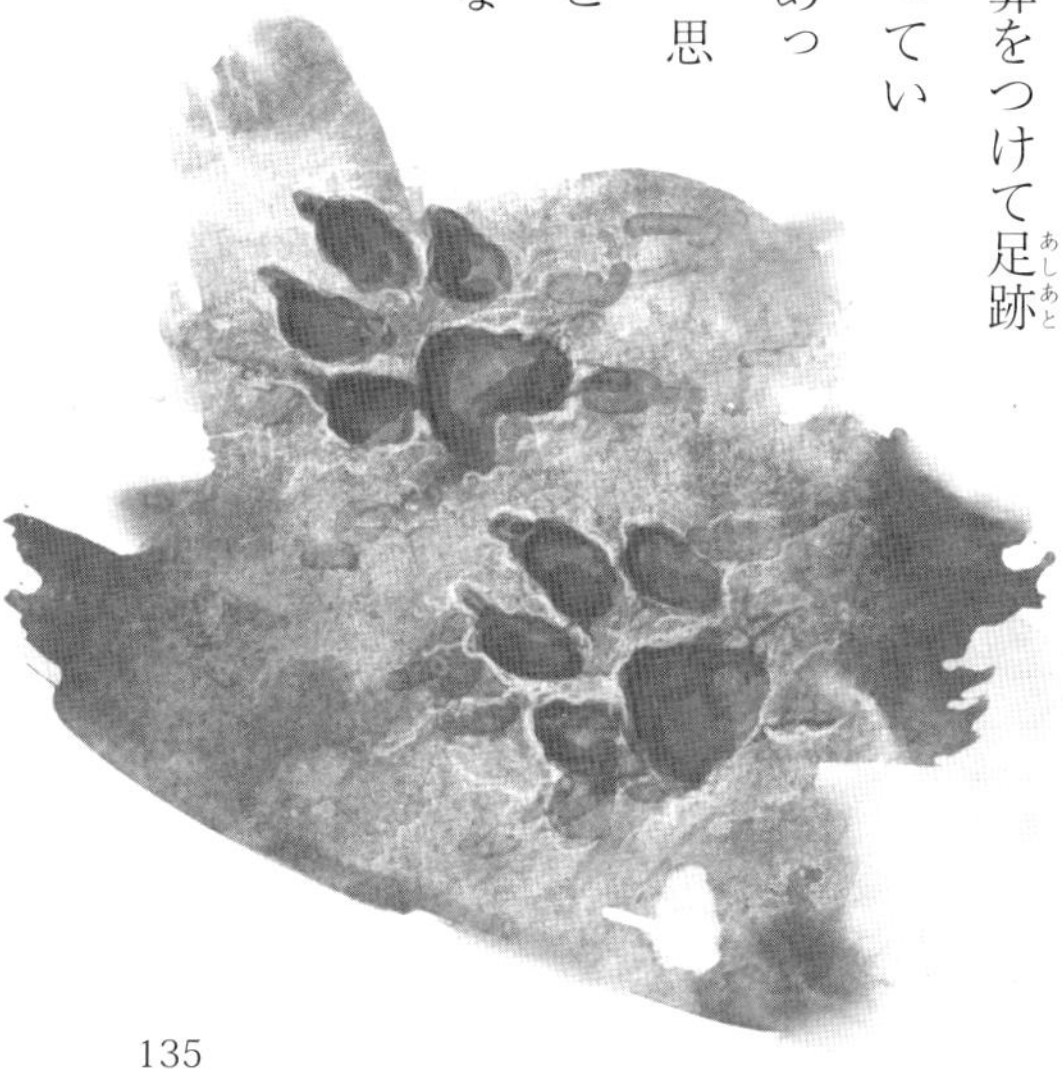

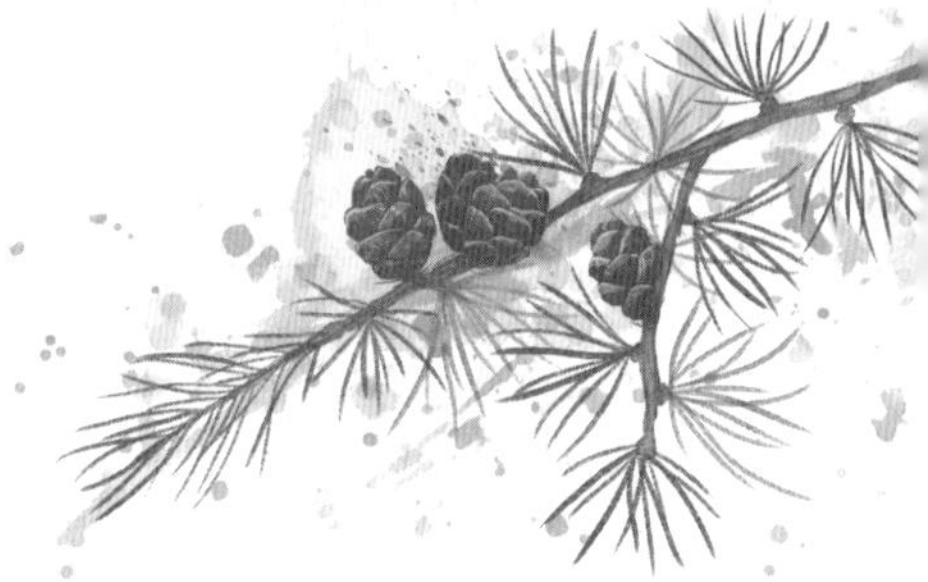

ずっとぼくを探《さが》していたのだろうか。

最初に思ったのは、彼女を探《さが》そうということだった。この足跡《あしあと》はまだ新しい。見つけられるはずだ。走り出したい気持ちに襲《おそ》われた。でも踏《ふ》みとどまった。もう一度足跡《あしあと》と、そのすぐそばにある自分の足をよく見てみた。小さくない。むしろぼくよりも大きいくらいだ。パウンスはぼくより大きかった。他にも仲間がいるのだろうか。あたりを見回し、匂《にお》いを嗅《か》ぐ。あちこち歩いて確《たし》かめたが、このオオカミの足跡《あしあと》しか見当たらない。糞《ふん》も一頭分しか落ちていない。匂《にお》いも一頭のものだけだ。正体は分からないけれど、もしこのオオカミがここでひとりぼっちで生きているのだとしたら、姉さんたちを足したよりもずっとタフなオオカミということになる。このオオカミの尊敬《そんけい》を勝ち取らないと。

「リーダーになるオオカミは群《む》れのために獲物《えもの》を捕《と》るのよ」と母さんはいつも言っていた。「それ以外に大事なことはないの」

ぼくがしなければいけないのは、彼女のためにたっぷりの肉を用意すること。それだけだ。仕留《しと》めよう。しかもものすごいのを。皮を裂《さ》いて、上等の肉をぶちまけるんだ。ハゲワシが来るだろう。それからタカも、カラスも。それが知らせとなって、ぼくが上等の獲物《えもの》を仕留《しと》めたことを知った彼女が走ってやって来るだろう。ぼくに頭を下げて、いっしょに食べていいかと聞いてくるんだ。そうだよ！　すでにその情景《じょうけい》が目にうかぶ。もう肉の味がする。

でもそのためにはがまんしなきゃ。旅の間に学んだことだ。疲《つか》れていたら何もできない。少し休もう。

そうしないと失敗して後悔《こうかい》することになる。水辺で待っていれば獲物《えもの》は来るんだ。ぼくはさっきまで休んでいたところにもどり、陰《かげ》になったところに体を横たえた。再《ふたた》び起きて、さっと砂浴《すなあ》びをした。そして頭を水にくぐらせて、旅の間に毛の中に入り込んだ細かい砂《すな》を洗い落とす。彼女に会った時には、リーダーにふさわしい身なりでいたい。

寝転《ねころ》ぶぼくのそばに、黄色や褐色《かっしょく》や灰色《はいいろ》の小鳥たちが軽やかにやって来ては、水面《みなも》をかすめるようにカゲロウを捕《つか》まえて去っていく。斑点《はんてん》のある魚が水面を大きく跳《は》ねる。日が高く昇《のぼ》る頃《ころ》、ぼくの耳がぴくりと動いた。警戒《けいかい》しながら水辺に近づく鹿《しか》の足音をキャッチしたのだ。狩《か》りたい衝動《しょうどう》に襲《おそ》われ、鼓動《こどう》が速くなる。今のぼくは、これまでのぼくより強く、元気だ。

見たことのない種類の鹿《しか》が水を飲みに小川にやって来た。たくさんいる。小さくて、褐色《かっしょく》で、お腹《なか》とお尻《しり》のところは白く、幅《はば》の広い顔には縞《しま》が入っている。角は短くて黒い。これまで他のオオカミに出会えなかったのは、必要にせまられて小さな動物ばかり襲《おそ》って、本来オオカミが狩《か》りの対象《たいしょう》とするべき鹿《しか》などを捕《と》ってこなかったからかもしれない。

角の黒いこの鹿《しか》を仕留《しと》めよう。父さんもそれを望むはずだ。父さんにはもう会えないけど、狩《か》りをしている時は父さんをそばに感じることができる。仕留《しと》めた時には父さんの歌をぼくが吠《ほ》えよう。まだよく知らないあのオオカミもあらわれるだろう。彼女に食べるものを与えることができたら、母さんやソングやグラウルが父さんについていったみたいに、彼女もぼくについて来るはずだ。そしてまた獲物《えもの》を捕《と》ってあげたら、やっぱりぼくといっしょに来るだろう。そうやって冬の間ずっと獲物《えもの》を捕《と》って帰れば、二度とぼ

くから離《はな》れなくなるはずだ。

　群《む》れの中で一番りっぱな雄《お》ジカに狙《ねら》いを定めた。黒い角は長く、反り上がっている。雄《お》ジカが水を飲もうと頭を大きく下げた瞬間《しゅんかん》に飛び出し、距離《きょり》をつめる。他の鹿《しか》たちが散りぢりに逃《に》げ惑《まど》う中、ぼくは自分の肉だけを追いかけた。雄《お》ジカはハヤブサのように走り、ジャンプする。まっすぐに、突《つ》っ切《き》るように、速く走ること以外は頭にないようだ。ぼくも雄《お》ジカに追いつくべく、大きなストライドで走る。雄《お》ジカは恐怖《きょうふ》を感じている。匂《にお》いで分かる。ぜったいに仕留《しと》める。ぼくのやるべきことはそれだけだ。初めて見るその鹿《しか》が疲《つか》れて足がもつれるのを待っているのだが、まるで水が流れるみたいにいつまでもしなやかに、軽やかに、走る先に岩があらわれても苦もなく避《さ》けて走り続けている。

　徐々《じょじょ》に気温が上がってくる。でもぼくはたっぷり水を飲んでいた。日がしずむまででも走っていられ

る。雄《お》ジカが避《さ》けて走った低木をぼくは飛びこえる。小川はすでにはるか後方だ。雄《お》ジカもぼくも口を開けて走っている。乾《かわ》いた空気のせいで疲《つか》れてきた。でも水は雄《お》ジカを仕留《しと》めてからいくらでも飲める。

雄《お》ジカは走るのをやめない。雄《お》ジカが走り、ぼくは追いかける。雄《お》ジカが蹴《け》り上《あ》げる砂利《じゃり》をかぶりながら走る。引《ひ》き離《はな》されはしないものの、追いつかない。雄《お》ジカを追いこめるところを探《さが》す。小川か、岩の割《わ》れ目《め》か、低木が群生《ぐんせい》するところ。水辺ははるか後方に見えなくなり、地平線との間に見えるのは草とヤマヨモギの茂《しげ》みだけだ。

疲《つか》れていたが、ずっと走っていなければならないのなら、いつまででも走るつもりだった。そのつもりなのだが、いつまで経《た》っても黒い角の雄《お》ジカはぼくの前を走り続ける。ぼくの脚《あし》は、心拍《しんぱく》とリズムを合わせるように地面を蹴《け》る。前脚《まえあし》、前脚《まえあし》、後《うし》ろ脚《あし》、後《うし》ろ脚《あし》。それでも初めて見る鹿《しか》は走り続ける。ぼくの力強さと、鹿《しか》の俊敏《しゅんびん》さとの勝負だ。追いつかない。胸《むね》が苦しくなって、息がきれてきた。走る速度をゆるめ、とうとう歩いてしまった。鼻息に砂利《じゃり》が混《ま》じっている。大きな肉が逃《に》げていく。肉といっしょに、黒いオオカミとの再会《さいかい》という希望も消えてしまった。あんなに小さな鹿《しか》さえ仕留《しと》められないオオカミといっしょにいたいと思うはずがない。

　ヤマヨモギの下のくぼんだところに耳の長いウサギが隠《かく》れていた。飛びかかって捕《つか》まえて、三口で食べた。コヨーテが捕《と》って食べる獲物《えもの》だ。恥《は》ずかしくて頭を上げられない。砂埃《すなぼこり》を蹴《け》り上《あ》げながら、歩いてその場を後にした。父さんといっしょじゃなくてよかったと初めて思った。見られずにすんだ。ぼくがどんなオオカミになってしまったか、知られなくてよかった。ぼくなんか、ひとりぼっちがふさわしい。

　ビャクシンの木立ちを探《さが》してとぼとぼ歩いた。どこか陰《かげ》になっていて休めるところ。どこにもない。黄色い埃《ほこり》、赤い土、黒い土。ここはオオカミが暮《く》らすところではない。ネズミやウサギさえいれば満足できるキツネなら、こういう不毛の地でも暮《く》らしていけるのだろう。走る気にはなれなかったが、歩くことはやめなかった。太陽も自らの進むべき道にしたがって空を移動《いどう》している。そばにいてくれるのは自分の影《かげ》ぐらいだ。

　一日のうち一番暑い時間帯は休んですごし、太陽がしずむ頃《ころ》にまた歩き出す。空を見上げてオオカミの星を探《さが》すこともつらくてできない。空に昇《のぼ》った半月の光を浴《あ》びるぼくは、半分もまともに成長できないオオカミだ。エルクは捕《つか》まえられないし、山にも帰れず、仲間もいない。頭を反らして吠《ほ》えようとしたが、喉《のど》からは何も出てこなかった。

走れ

夜どおし歩いて朝を迎《むか》えた。黒いオオカミの痕跡《こんせき》が何かないかと、砂漠《さばく》をジグザグに進む。何も見つからなかった。どっちに進めばいいのかも分からない。分かっているのは、今ぼくが歩いているこの土地は、ぼくの故郷《ふるさと》にはなりえないということだけだ。ここで生きていくことはできるだろう。でも、霧《きり》に包まれた故郷《ふるさと》の山で暮《く》らしていた頃《ころ》のように、ここを愛することはできない。頭を上げて、黒いオオカミの匂《にお》いを探《さが》す。

この地平のどこかに必ずいるはずだ。歩き、軽く走り、そして走り、休み、一日じゅうそうやって探《さが》したが、何も見つけられなかった。地面に残る足跡《あしあと》も、空気中にただよう匂《にお》いも、狩《か》りをしていればその上空に集まってくるはずのタカやカラスの群《む》れも見かけなかった。ぼくにはやっぱりカラスが必要だ。湖岸で別れて以来、こんなにもカラスにいてほしいと思ったことはなかった。夜の間も耳と鼻を使って黒いオオカミを探《さが》して歩き続けた。次の日も、その次の日も、彼女を探《さが》した。どこかにいるはずなのに、彼女をよんでも返ってくるのは静寂《せいじゃく》ばかりだ。こだまにすら見放されてしまった。

再《ふたた》び日が昇《のぼ》り、遠く前方に、鉄のような灰色《はいいろ》の山が見えた。山だ！　山があれば、そこには木もあるし、草地もあるし、エルクもいる。山と言えばおいしい空気とエルクだ。体を休めるのにちょうどいいやわらかい針葉樹《しんようじゅ》の落ち葉と、エルクだ。冷たい水は飲みたい放題で、見わたすかぎりの大きな群《む》れで暮《く》らしているのが鹿《しか》とエルクだ。このだだっ広い平野のどこかにオオカミがいるとすれば、山だ。黒いオオカミもあの山をみれば、ぼくと同じようにその脚《あし》は山に向かうだろう。再《ふたた》び希望を胸《むね》に、ぼくは歩き続けた。

歩くにつれて、山は大きくなり、丸みを帯び、暗くなる。風も出てきた。歩く。草は高く、深々と茂《しげ》り、地面がやわらかくなってきた。水たまりがあったので水を飲もうとすると、酸《す》っぱい臭《にお》いがして、湯気も立っている。水たまりの深みに目を凝《こ》らすが、生き物が見当たらない。どこか他のところで飲むことにしよう。

夕方になる頃《ころ》、それが山ではないことに気がついた。雲だ。雲だった。高いところまでわき立って、濃《こ》い灰色《はいいろ》の、雨をたくさんふくんだ雲だった。あきらめないぞ。仕留《しと》めた獲物《えもの》の上空にカラスが集まるように、山の上には雨雲がかかるものだ。それに雨の匂《にお》い、まだ降《ふ》ってはいないけれど、鼻先に感じる雨の匂《にお》いがぼくをふるい立たせる。雲に向かって、跳《は》ねるように先を急ぐ。雲もぼくのほうに近づいてくる。口に入ってくる空気が湿《しめ》っている。肌《はだ》にも湿気《しっけ》を感じる。雨はまだ降《ふ》らない。風が強くなってきた。風に草が舞《ま》っている。雷鳴《らいめい》が聞こえる。まだ雨は降《ふ》らない。夜になっても、あちこちで轟《とどろ》く雷鳴《らいめい》を聞きながら歩き続けた。稲妻《いなずま》が光り、目がくらむ。

火の天気。グラウルはそう言っていた。夏のある日、稲光《いなびかり》に続いて森から煙《けむり》が立ち上ると、グラウルは幼《おさな》いぼくたちを集めて、火事でやられて脚《あし》が思うように動かなくなったこと、後《うし》ろ脚《あし》からお尻《しり》にかけて毛が生えなくなったこと、命からがら逃《に》げたことなどを話してくれたのだった。

「おまえたちがどれだけ勇敢《ゆうかん》でも、火には太刀打《たちう》ちできない」とグラウルは言っていた。

「火の前ではおまえたちの強さなど、まるで相手にならないからな」。シャープが全然聞いていないから、グラウルはくり返して言うのだった。グラウルの話はそれで終わりではなかった。

「火は斜面《しゃめん》をかけ上がってくるぞ」

「火は尾根《おね》に到達《とうたつ》すると一瞬《いっしゅん》その動きを止める」

そしていつも、毎回この話をするたびに「水のあるところに逃《に》げるんだ」と言っていた。

ぼくは空気の味を確《たし》かめた。目の前の空気はきれいだったが、常《つね》に向かい風なので後方の匂《にお》いは何も分からない。それにもし火に襲《おそ》われても、逃《に》げ場《ば》となる湖がない。雨が降《ふ》るのを願うしかなかった。休んでいると、雨が降《ふ》る夢《ゆめ》を見た。記憶《きおく》の中の雨の匂《にお》いを感じたが、雨は落ちてこない。

朝になると雲は昨日よりも高く、さらに黒さを増《ま》していた。しかし後方に移動《いどう》していた。ぼくは空腹《くうふく》よりも喉《のど》の渇《かわ》きを覚えつつ、先に進んだ。地平線に沿《そ》って、他よりも色の濃《こ》い尾根《おね》がそびえている。山だろうか。前回はだまされたけれど、希望を捨《す》てずに歩き続ける。

日が高く昇《のぼ》る頃《ころ》には風向きが変わり、雷鳴《らいめい》の響《ひび》きや爆《は》ぜるような稲妻《いなずま》の音が聞こえるようになった。毛が逆立《さかだ》つ。音のうねりに追い立てられて、ぼくの脚《あし》は前に向かう。それでも雨は降《ふ》らない。耳を澄《す》まし、匂《にお》いを嗅《か》ぐ。雨ではなく、何か別の音。一定のリズムで轟《とどろ》き、跳《は》ねるような。ふり返ると煙《けむり》が見えた。

煙《けむり》！

鼻先から尻尾《しっぽ》まで、恐怖《きょうふ》が波のようにおしよせてきた。逃《に》げ道を探《さが》さないといけないのだけど、怖《こわ》くて脚《あし》が地面にくっついたみたいに動かない。煙《けむり》は判断《はんだん》を狂《くる》わせる。嗅覚《きゅうかく》がうばわれ、速く走れなくなる。呼吸《こきゅう》も苦しくなる。安全な道が分からず、安心して走れない。煙《けむり》の向こうで燃《も》えさかる炎《ほのお》はさらにたちが悪い。熊《くま》のように轟《とどろ》き、移動《いどう》するスピードも熊《くま》のように速い。ふり返って戦いを挑《いど》もうにも、噛《か》みつくところがない。恐怖《きょうふ》の苦い味が喉《のど》の奥《おく》にはりついて離《はな》れない。たとえオオカミでも、戦える相手と戦えない相手がある。

走らなきゃ。でもどっちに？　ぼくのカラスがいてくれたら導《みちび》いてくれるのだけど。どっちを向いても、見えるのは焼けた草地と束になって転がる草とビャクシンばかりで、後は暮《く》れていく地平線にかすかに丘《おか》の影《かげ》が見えるくらいだ。水は高いところから低地に流れる。丘《おか》があるのなら、小川もそこを流れているにちがいない。

「水のあるところに逃《に》げるんだ」とグラウルは言っていた。生きのびる方法はそれしかない。

ぼくは走った。本気の全力疾走《ぜんりょくしっそう》だ。ぼくの力が試《ため》される。月が一巡《ひとめぐ》りする間、ずっと旅をしてきた中で培《つちか》った強さを全部かき集めるんだ。慎重《しんちょう》に、足下《あしもと》をしっかりと確《たし》かめながら走った。転んだらおしまいだ。群《む》れのみんながいっしょに走ってくれているつもりで走った。ウォームも、ワグも、パウンスも、シャープもいっしょだ。母さんとソングが走るべき道を教えてくれる。後ろは父さんとグラウルが守っていてくれる。肩《かた》と肩《かた》がぶつかり合うぐらい近く、尻尾《しっぽ》に息がかかるほど近くにみんなを感じる。

「あきらめるな」とみんながぼくをはげます。

「おまえは俺《おれ》たちの中で一番速いんだ」

「どこにでもついていくよ」

「走れ、あきらめるな、生きるんだ」

炎《ほのお》がさらに大きく轟《とどろ》く。刺激的《しげきてき》な臭《にお》いが逆巻《さかま》いている。炎《ほのお》を勢《いきお》いづける風が煙《けむり》を吹《ふ》き上《あ》げる。地平線に広がる丘《おか》が大きく見えてきた。輝《かがや》くような緑色の小鳥が一羽《わ》、ぼくを追いぬいて飛んでいく。しばらく上空で静止してから肩《かた》に舞《ま》い降《お》りてきた。まったく体重を感じなかったが、小さな心臓《しんぞう》が不規則《ふきそく》に脈打っているのが分かった。それがぼくに勇気をくれた。小鳥たちは少し休むと、また飛んでいった。飛んでいく小鳥たちが緑色の光の筋《すじ》のように見えた。その筋《すじ》を見定めて後に続く。煙《けむり》のせいで太陽が琥珀色《こはくいろ》に見えた。それから赤く、さらに土のような茶色に変化する。鼻をつく煙《けむり》の臭《にお》いが毛にまとわりつき、喉《のど》もひりひりする。まだ炎《ほのお》に包まれていない空に鳥たちが群《むら》がる。カラス、鳴き鳥、ワシ、ツル。みんな低空を飛んでいる。その後を追いかけて走る。

炎《ほのお》がすぐそこまでせまっていることを鼻にも耳にも感じる。目に入ってくる鬱陶《うっとう》しい砂《すな》をまばたきして取りのぞきながら走る。煙《けむり》の中から黒い角の鹿《しか》が飛び出してきた。黄褐色《おうかっしょく》と白色の長い首を前に突《つ》き出《だ》して走っている。反対側にはパニックに襲《おそ》われた小さな灰色《はいいろ》の馬が大きな耳をぴくぴくさせながらあらわれた。幽霊《ゆうれい》かと思った。群《む》れで逃《に》げている。昨日なら獲物《えもの》だったが、今日はこの馬たちにも逃《に》げきってほしいと思う。傾斜《けいしゃ》が急になってきた。もやのように視界《しかい》をさえぎる煙《けむり》の向こうに低木が見えた。幹《みき》の細いハンノキとハコヤナギの木立ちも見える。ということは、丘《おか》はこっちだ。こっちでいいんだ。息苦しさに耐《た》えながら走る。ノウサギとコヨーテが、まるで群《む》れの仲間同士かのように並《なら》んで走っている。

　煙《けむり》のせいで匂《にお》いがよく分からなかった。炎《ほのお》の轟音《ごうおん》にかき消されて、耳には他に何の音も届《とど》かない。斜《なな》め前で炎《ほのお》が上がった。ぱちぱちと音を立てながら燃《も》え広がっていく。火はビャクシンの木立ちに燃《も》え移《うつ》り、一気に幹《みき》をかけ上がる。大きな破裂音《はれつおん》とともに幹《みき》が裂《さ》け、火の粉《こ》がシャワーのように降《ふ》り注ぐ。熱を帯びた空気が揺《ゆ》らめき、ぼくは炎《ほのお》を避《さ》けて進む先を変えた。丘《おか》をかけ上がっていると、すすけた薄明《うすあか》りの中に淡《あわ》い色のハンノキとカバノキの幹《みき》が見えてきた。川べりに生える木だ。この木が水のあるところに続いていると信じて走るしかない。

　上り坂なので走るスピードは鈍《にぶ》くなるが、炎《ほのお》は傾斜《けいしゃ》などおかまいなしだ。むしろ速度を増《ま》してきている。ぼくはパニックに陥《おちい》らないようにぐっとがまんして全力でかける。耳が後ろになびき、心臓《しんぞう》が破裂《はれつ》しそうだ。どこかに水があるはずなんだ！　炎《ほのお》の轟《とどろ》きに囲まれる。木が折れ、幹《みき》が倒《たお》れ、大きな音を立てて地面が揺《ゆ》れる。針葉樹《しんようじゅ》の葉っぱが燃《も》えて音を立て、空気がもれるような音も聞こえる。炎《ほのお》は木から木へと

燃《も》え移《うつ》り、火《ひ》の粉《こ》や黒こげの枝《えだ》が降《ふ》ってくる。素早《すばや》く身をかわす。火のついた枝《えだ》がまた飛んできて、ぼくの進む先に落ちる。それもよけて走る。煙《けむり》で暗くなった空が炎《ほのお》で明るくなる。いろんな影《かげ》が揺《ゆ》らめいている。

傾斜《けいしゃ》がさらに険《けわ》しくなって、肩《かた》が悲鳴を上げ始める。稜線《りょうせん》が見えた。それに向かって走る。グラウルの言っていたとおりでありますように。火《ひ》の粉《こ》が体に落ちてきて、虫に噛《か》まれたみたいな痛《いた》みがはしる。横を走っていたウサギがつんのめり、耳から尻尾《しっぽ》から丸くなってごろごろと転がって止まった。ぼくはそのまま走り続ける。ウサギのさけび声が聞こえた。他にもぼくの周りを走っている動物たちが脚《あし》を取られる。ぼくはなんとか踏《ふ》ん張《ば》って走り続ける。

火のついた草や枝《えだ》が風に吹《ふ》かれて舞《ま》い上《あ》がる。それらが一つになって、木よりも高く、雲よりも高い火柱となって燃《も》えさかる。それがぼくの進路をさえぎる。間一髪《かんいっぱつ》のところでかわしたものの、火柱は再《ふたた》びぼくの前に回りこむ。ぼくを逃《のが》さないつもりらしい。火柱は動き回って草を燃《も》やし、火勢《かせい》を強める。気がつくと炎《ほのお》に囲まれていた。横滑《よこすべ》りしてストップする。四方八方から熱風がおしよせてくる。鼻と口に火ぶくれができて割《わ》れた。逃《に》げ場がない。吠《ほ》えたくても喉《のど》がひりひりして声が出ない。鳴き声すら出てこない。

走れ。

心臓《しんぞう》の鼓動《こどう》の中に父さんの声が聞こえた気がした。何とかしてここからぬけ出さなきゃ。でもどっちに走る？　あっちを向いてもこっちを向いても、炎《ほのお》の向こうが見通せない。

あきらめるな。

こんな炎《ほのお》に負けてたまるか。負けるわけにはいかないんだ。今ぼくがいるところの草はまだ燃《も》えていないけれど、その面積《めんせき》もだんだん小さくなってきた。熱風から目を守るためにぎゅっとつぶる。足《あし》下《もと》の地面は下り坂になっている。水は高いところから低地に向かって流れる。ぼくは炎《ほのお》の輪の中から低くなっているほうを向いた。目をつぶったまま、意を決して走り出す。燃《も》えさかる炎《ほのお》の輪を突《つ》っ切《き》った。炎《ほのお》の向こう側に出て、地面をごろごろと転がっているうちに毛が燃《も》える臭《にお》いもなくなった。すぐに起き上がって走り出す。炎《ほのお》はすぐ後ろまでせまってきている。脚《あし》が焼けるようだ。頭の上にも炎《ほのお》がせまり、毛をこがす。火のついた枝《えだ》が倒《たお》れて周りの木に燃《も》え移《うつ》る。下り坂が急になり、ぼくは加速する。

「生きろ、生きるんだ」

ぼくは生きると父さんに約束した。群《む》れのみんなにも約束した。そして自分自身にも。

すぐそばで炎《ほのお》が逆巻《さかま》く。本当にどこかに水はあるのかどうか。何も聞こえないし、見えないし、匂《にお》いもしない。でも谷底まで行けば水があるはずだ。ぼくは走った。つまずいたり転がったり、また立ち上がったりしながら走り続けた。そして水だ。小川なんてものじゃなく、川だ！　川が流れていた。ぼくは飛びこんだ。

ああ！　なんて気持ちのいい。全身を水の中にしずめ、毛の間に入りこんだ火《ひ》の粉《こ》を洗《あら》い落とす。冷たくて、気持ちがいい。救《すく》いの水だ。ついに見つけた。ぼくは下流に向かって泳いだ。大きく曲がっているところの向こうは川幅《かわはば》が広くなっていて、片側《かたがわ》には砂地《すなち》が広がり、対岸には岩が転がっている。

みんなで水の中にいた。コヨーテも、鹿《しか》も、ウサギも、みんないっしょだった。お腹《なか》が空《す》いていたけれど、襲《おそ》って食べようとは思わなかった。炎《ほのお》は水際《みずぎわ》までせまっていた。燃《も》えさかる木が弾《はじ》け、割《わ》れ、水の中に倒《たお》れ落《お》ちて、シューッという大きな音とともに湯気が立った。熱気が充満《じゅうまん》する。ぼくは肩《かた》まで水中にしずめた。川の流れは速く、冷たかった。本物だ。こんなにも水をありがたく思ったのは初めてだ。

炎《ほのお》による黄色やオレンジの光の中、たくさんいる動物の中にぼくは黒いオオカミの琥珀色《こはくいろ》の眼《め》と黒い耳を探《さが》した。すぐそばにいる雄《お》ジカの匂《にお》いも分からないほど煙《けむり》が充満《じゅうまん》している。日中なのに、すすや灰《はい》でまるで夕暮《ゆうぐ》れ時《どき》のようだ。黒い角の鹿《しか》たちは呆然《ぼうぜん》と立ちつくし、走ってきたせいでお腹《なか》が大きく波打っている。その肩《かた》に、疲《つか》れ切《き》ったようすの鳴き鳥たちが止まっている。そのかたわらには一組の母熊《ははぐま》と仔熊《こぐま》が立っている。耳の長い灰色《はいいろ》の馬が二頭、鼻をすりよせてなぐさめ合っている。たくさんの動物が生きのびていた。でもその中に黒いオオカミの姿《すがた》はなかった。

今までずっと、この長い間、彼女はぼくと同じように旅をしていて、それなのにぼくは彼女を見つけられない。手《て》遅《おく》れだ。彼女は永遠にぼくの前から姿《すがた》を消してしまった。ぼくはあまりに疲《つか》れていて、鳴くことすらできなかった。

炎《ほのお》は水際《みずぎわ》で消えていた。さっきまでは大きな音を立てながら肩《かた》の高さまで燃《も》え上がっていたのに、今は消えている。木々や低木はまだ炎《ほのお》に輝《かがや》いているが、草地は見る影《かげ》もなかった。焼きつくされたのだ。草は跡形《あとかた》もなく、煙《けむり》と熱気が揺《ゆ》らめいているだけだ。煙《けむり》が薄《うす》れてくると、ほとんどまん丸の月があらわれた。

月明かりの下、ウサギやハタネズミやリスたちがあちこちに散っていく。コヨーテやキツネたちはぼうっとしたまま、その後を追うように水から出ていった。狩《か》りに対する本能《ほんのう》がまだもどっていないのだろう。雨のように灰《はい》が降《ふ》ってきて、水を飲むと苦い。鹿《しか》たちはゆっくりと、優雅《ゆうが》な身のこなしで対岸に出ていく。恐怖《きょうふ》をふりはらい、木々が作る銀色の影《かげ》の中に消えていった。ぼくは苦い水をがぶがぶと飲み、向こう岸に上がった。地面に横たわり、焼けた脚《あし》をなめながら、眠《ねむ》りに落ちていった。

遠《とお》吠《ぼ》え

煙《けむり》の臭《にお》いにハッとなって跳《と》び起きた。やけどした足の裏《うら》で強く踏《ふ》ん張《ば》ってしまい、思わず足を引っこめる。あたりを見回すと、煙《けむり》の臭《にお》いが充満《じゅうまん》していたが炎《ほのお》は見えない。毛の間に入りこんだ灰《はい》をふるい落とす。炎《ほのお》が川をわたってこっちまで来ていないか、ようすを確《たし》かめる。炎《ほのお》の轟《とどろ》きも弾《はじ》ける音も聞こえない。ただ川の流れる音が聞こえるばかりだ。もやの中に昇《のぼ》る太陽が、錆《さ》びたようなオレンジの色を放っている。目にしみる煙《けむり》をまばたきで追いやり、口の中のすすを吠《ほ》えて吐《は》き出《だ》す。そしてもう一度、今度はゆっくりとあたりを見回した。鹿《しか》もウサギも鳥も、昨日は川にいた動物たちがみんないなくなっている。地面にあごを下ろすと、草や松の葉からふわりと灰《はい》が立ち上った。雨が降《ふ》ってきれいになるまで、このあたりの草は食べられないのだろう。ぼくはひどく疲《つか》れた体をのばし、その場で二度回って飛《と》び跳《は》ねると、灰《はい》にまみれた草がカサカサと音を立てた。

　眠《ねむ》っては起き、また眠《ねむ》っているうちに一日が終わろうとしていた。山の向こうに落ちる夕日をながめながら、あくびをして体をのばす。月が昇《のぼ》る頃《ころ》には風向きが変わり、煙《けむり》は焼けた大地の向こうに流されていった。川にうかんでいた灰《はい》やすすも流されて、水が再《ふたた》びおいしくなった。ぼくは心ゆくまで水を飲んで、対岸の焼けた地面を見やった。見わたすかぎり、どこまでもずっと黒ずんでいる。黒いオオカミがどこかにいるとしても、やはり今回も川をわたった向こう側だ。地面が焼けていては跡《あと》を追うことはできない。もう会えないんだ。

月が明るく、影《かげ》がのびている。白いオオカミの襲撃《しゅうげき》を受けて家族が全滅《ぜんめつ》させられた日も、今日のような満月だった。あれからずい分と遠くまで旅をしてきた。ぼくももうあの頃《ころ》のオオカミではない。

憂鬱《ゆううつ》な気分で川に沿《そ》って歩いていたが、踏《ふ》みしめるたびに、この山が自分のいるべきところのように思えてきた。古い友達のマツの木やモミの木が迎《むか》えてくれる。それにハックルベリーまで！　まだ完全には熟《う》れていなかったけれど、熟《う》れ具合を確《たし》かめに来た熊《くま》の匂《にお》いがする。山を登るにつれて空気がひんやりしてくる。ウサギやジリスの巣穴《すあな》があることも匂《にお》いで分かる。鹿《しか》の足跡《あしあと》が、草地から草地へと曲がりくねりながら続いている。ぼくは群《む》れの仲間にあいさつをするみたいに、なつかしいベイツガの幹《みき》に体をこすりつける。頂上《ちょうじょう》に着くと、空気がそれまで以上に冷たく、しっとりと迎《むか》えてくれた。むき出しの岩からそのとなりの岩に向かって、空気が渦《うず》を巻《ま》いている。目の前に連なる山を見ていると、気持ちが軽くなっていった。

見たことのない木、嗅《か》いだことのない匂《にお》いがあった。見た目はイタチのような、だけどガンのように足に水かきのついた小さなこげ茶色《ちゃいろ》の生き物が、小川の底のほうで魚を追いかけている。ぼってりとした虫のようなぬめぬめとした足のある生き物が、穴《あな》から出たり入ったりしながら蜘蛛《くも》を捕《つか》まえている。その手口は

一晩中《ひとばんじゅう》でも見ていられた。初めての匂《にお》いや慣《な》れない匂《にお》いを吸《す》いこみながら歩いていると、巨木《きょぼく》があらわれた。他のどの木とも匂《にお》いがちがう。幹《みき》が太く、キツネの毛と同じ色をしている。葉は鳥の翼《つばさ》のように扇型《おうぎがた》に広がっている。見上げても見上げてもまだ高くそびえ立つ。この木のてっぺんがどこなのかはワシでも分からないだろう。ながめているだけでぞくぞくする。ぼくは尻尾《しっぽ》を垂《た》らし、鼻で触《ふ》れて、敬意《けいい》を表した。父なる木だ。その木が落とした弾力《だんりょく》のあるやわらかな葉っぱの上で、丸くなって休んだ。夜の間、大きなフクロウの低い鳴き声や、小さなフクロウの短く甲高《かんだか》い鳴き声など、なつかしい音に包まれて眠《ねむ》った。

家族のことを思いながら、故郷《ふるさと》の方角に見える地平線をながめ、オオカミの星を探《さが》した。朝日よりも少し前に昇《のぼ》る星。旅をしている間もずっと会いたいと思っていたけれど、今、無性《むしょう》にみんなに会いたかった。どうしてみんなここにいないんだよ。走りながらずっと、お願いだからみんな生きていてってずっと願っていた。ぼくの足跡《あしあと》を見つけて、追いかけてきてって願ってた。そしてやっと、みんなでオオカミとして生きていける場所を見つけたんだ。それなのにどうして誰《だれ》もいないんだよ。星たちがゆっくりと空に昇《のぼ》ってくる。地平線の向こうから昇《のぼ》ってくるオオカミの星を見つめていると、遠吠《とおぼ》えが聞こえた。

遠吠《とおぼ》え！

ぼくはあわてて立ち上がり、その声に聞き入った。なんて見事な。きゃんきゃん吠《ほ》えるばかりのコヨーテの鳴き声とはちがう。鼻をブーブー鳴らしているような熊《くま》の声とも、もの哀《かな》しいクーガーの鳴き声ともちがう。いつまでも丘《おか》がこだまを返す澄《す》んだ遠吠《とおぼ》え。毛が逆立《さかだ》つのが分かる。遠吠《とおぼ》えが聞こえてくるほうに顔を向けた。頭を上げて、その主の匂《にお》いを探《さが》した。風向きのせいで匂《にお》いはたどれなかったけれど、それでもこの声……、遠くない。

獲物《えもの》に対してさえこれほど執着《しゅうちゃく》したことはないというくらい、今は誰《だれ》かといっしょにいたくてしょうがなかった。月が一巡《ひとめぐ》りする前であれば、何のためらいもなく走って会いに行っていただろう。でもこんなにも長く旅をしてきた今は、そんな過《あやま》ちはおかさない。暗闇《くらやみ》の中にいるのは、ぼくと同じようにひとりぼっちで仲間を探《さが》している友達かもしれない。でも、どこか近くに潜《ひそ》んでいる群《む》れの見張《みは》り役かもしれない。このあたりをなわばりにしていて、出ていったら群《む》れで襲《おそ》ってくるつもりかもしれない。

耳を澄《す》まして待った。日の出とともに、ふたたびオオカミの遠吠《とおぼ》えが聞こえた。他に聞こえる声はない。新しいオオカミのいるほうを目指して進みながら、群《む》れのなわばりを示《しめ》すマーキングがないかどうか、あたりを見ながら臭《にお》いにも注意をはらう。万が一の場合にそなえて、逃《に》げ道にも気を配る。

なわばりらしきものは見当たらない。敵《てき》のオオカミのマーキングもない。ぼくは決断《けつだん》し、新しいオオカミのところに走った。走りながら聞こえてくるのは、キツツキが木を突《つ》っつく音、黒い頭のアオカケスの

鳴く声。砂漠《さばく》にいる耳の長いやせたウサギとは別の、耳の短い太ったブラシウサギが、走りぬけるぼくを見て脱兎《だっと》のごとく逃《に》げていく。目にうつるもの、耳に聞こえるものすべてが、故郷《ふるさと》を思い出させる。同じものは何もないのに、名前も知らない木もあるし見たことのない鳥も飛んでいるのに、それでもまるで故《ふる》郷《さと》みたいだ。ここがぼくの故郷《ふるさと》になるのかもしれない。

遠吠《とおぼ》えが聞こえてくるあたりに近づいたので、足跡《あしあと》を探《さが》してあたりを見回し、匂《にお》いを嗅《か》ぐ。木々の間をぬうようにジグザグに走っているうちに、故郷《ふるさと》を後にして以来嗅《か》いだことのなかった匂《にお》いに出くわした。

エルクだ。

一頭じゃない。たくさんいる。

急にお腹《なか》が空《す》いてきたのは、朝から何も食べていないからじゃない。エルクという獲物《えもの》を見つけたからだ。本物の獲物《えもの》。オオカミが捕《と》って食べるべき獲物《えもの》。その瞬間《しゅんかん》、ぼくは決心した。ここはぼくの故郷《ふるさと》、ぼくの山だ。新しいオオカミがぼくを受け入れてくれてもくれなくても、ここがぼくの故郷《ふるさと》だ。必要なものが全部ある。マツの木に向かって立ち、届《とど》くかぎり一番高いところに爪《つめ》で傷《きず》をつけた。おしっこも引っかけた。

脚《あし》でつけたマーキングは、優《やさ》しく控《ひか》えめなものではない。「ぼくはここだよ。もしよかったらついておいで」というようなものではない。

「ここはぼくのなわばりだ。ぼくが生きていくための山、ぼくが狩《か》りをする山だ。ぼくを殺してうばい取らないかぎり、ここはぼくのなわばりだ」と宣言《せんげん》するものだ。

群《む》れ

心は決まった。新しいオオカミに向かって吠《ほ》える。持っている力と希望のすべてをこめて吠《ほ》えた。それはこだまとなって、山の頂《いただき》から跳《は》ね返《かえ》ってきた。続く静けさの中に、低く、甘《あま》く、吠《ほ》える声が聞こえた。その声に聞き入り、喜びをかみしめながら、仔《こ》オオカミのように尻尾《しっぽ》をふりながら鳴いて返事をしそうになった。尻尾《しっぽ》をふりかけて思いとどまり、胸《むね》を張《は》って堂々と吠《ほ》えた。これなら群《む》れの仲間としてほこりに思ってもらえる。新しいオオカミからもすぐに返事が返ってくる。ぼくは頭を上げて、鼻先に風を感じた。いいぞ！　彼女は正面に見える山の尾根《おね》にいる。一晩《ひとばん》も走ればたどり着ける。十日かかってもいい。彼女を見つけるまで立ち止まるつもりはなかった。ぼくたちをへだてる距離《きょり》を埋《う》めるために走り出す。鳥なら飛んでいくのだろうけど。

父さんが狩《か》りから帰ってくるときのことを覚えている。ぼくたちはみんな父さんの周りに集まって、頭を下げて尻尾《しっぽ》も垂《た》らすんだ。父さんはぼくたちに囲まれて、みんなの頭に触《ふ》れて、みんな群《む》れの仲間だ、獲物《えもの》は父さんがいつも捕《と》ってきてやるからなと約束してくれた。ぼくはこの新しいオオカミにとって父さんみたいな存在《そんざい》になりたい。まだ会ってもいないけれど、彼女の面倒《めんどう》をみたいと思った。彼女のために狩《か》りをして、彼女を守りたい。

尾根《おね》を後にして、ぼくがいる山と彼女がいる山を分かつ谷に下りる。エルクがいるから狩《か》りができる。マーキングをしてなわばりを持とう。巣穴《すあな》も作れる。夜空を遠吠《とおぼ》えで満たそう。反対側の山の尾根《おね》を目指して、今度は登る。ぼくをよぶ彼女の声がまた聞こえた。そしてまた。彼女がぼくをよんでいる。希望が胸《むね》にこみ上げてくる。頂上《ちょうじょう》まで、残りの上り坂を全速力でかけた。このあたりまで来ると、鳥の翼《つばさ》のような葉を広げたキツネ色の木が密生《みっせい》している。シダやハックルベリーもたくさん生えている。次に聞こえた声はすぐ近くからだった。いた！　カラスのように真っ黒なオオカミが、草地の上をぼくに向かって歩いてくる。琥珀色《こはくいろ》の眼《め》をした黒いオオカミ。彼女の匂《にお》いを吸《す》いこんで、思い出す。黒い川の対岸にいたあのオオカミだ。どこで会っても彼女と分かる。ぼくはじっと立ち止まったまま息を凝《こ》らし、彼女を見つめていた。

彼女に向かって低くうなる。

あまりの美しさに目を離《はな》せない。

もう一度、彼女に向かって優《やさ》しくうなる。「ずっと探《さが》してたんだ」

ぼくは一番大きく見える立ち方で立った。耳をピンと立て、尻尾《しっぽ》を高く上げ、彼女に近づいていく。

彼女もじっとぼくを見つめたまま、低くうなり返してきた。

耳を立て、尻尾《しっぽ》を高く上げている。大きなオオカミだ。さらに近づくと、体高も肩幅《かたはば》もぼくと同じぐらいだということが分かった。故郷《ふるさと》を後にしたばかりの若《わか》いオオカミなら気《き》後《おく》れしていただろう。でもぼくは、あの頃《ころ》の自分をもうずい分と前に卒業していた。ぼくはもうスウィフトではなかった。速さしか取《と》り柄《え》のないオオカミではない。父さんや母さんが走った距離《きょり》をはるかにこえる距離《きょり》を走ってきた。知らなかった動物にも会った

し、見たことのなかった木や、父さんや母さんは見ることのなかった鳥たちも見た。父さんも母さんも旅したことのない土地を旅してきたんだ。

「ワンダー、旅する者だよ」とぼくは名乗った。

「ナイトよ」と彼女は答えた。「わたしはナイト、夜の闇《やみ》」

鼻の先から尻尾《しっぽ》まで、つややかな黒色をしている。あまりの美しさに言葉が出ない。でも彼女は頭を下げないし尻尾《しっぽ》も垂《た》らさない。そんなそぶりは一《いっ》瞬《しゅん》も見せない。

予想外の展開《てんかい》だった。

ぼくは立ち止まった。父さんは常《つね》にぼくたちの群《む》れのリーダーだった。初めて会った大人のオオカミに対してど

うあいさつをすればいいのか、父さんは教えてくれなかった。一歩前に出て、そしてまた立ち止まる。

彼女はその琥珀色《こはくいろ》の瞳《ひとみ》で、まばたきもせずにぼくを見つめている。だからぼくも目をそらすわけにはいかない。もう一歩前に出た。

彼女はぼくに対して尻尾《しっぽ》を垂《た》らさない。

ぼくは姉さんたちの前で効果的《こうかてき》だったことを全部やってみる。大きな声で話す。前《まえ》脚《あし》で地面を強くたたく。ウォームはいつもぼくに頭を下げ、ワグも時々頭を下げた。そして大きくなってからは、パウンスもとうとう尻尾《しっぽ》を垂《た》れた。でもこのオオカミは、このナイトというオオカミはがんこだ。これ以上どうしろと言うんだ。

ナイトがぼくのほうに一歩踏《ふ》み出《だ》した。

そしてもう一歩。
尻尾《しっぽ》は高く上げたまま、左右にふっている。賢《かしこ》いオオカミなら彼女の牙《きば》から目をそらさないのだろうが、ぼくはどうしても尻尾《しっぽ》を見てしまう。何か裏《うら》があるのかもしれない。気をつけないと。でも彼女のいい匂《にお》い。とてもいい匂《にお》いがする。ぼくは自分に出せるかぎり最大限に深いうなり声を上げ、何度も地面をたたく。

彼女は地面に着くぐらい胸《むね》を低くするが、リーダーにつきしたがうオオカミが取る服従《ふくじゅう》の姿勢《しせい》とはちがう。跳《と》びかかる準備《じゅんび》だ。ぼくもしゃがみ、同時に跳《と》び上《あ》がった時は、頭と頭をぶつけ合ってけんかをするエルクみたいなことになった。草地の向こうを目指してかけ出す。すぐ後ろをナイトがついて来る。彼女の息が感じられるほどすぐ後ろだ。草地の切れ目まで走ったところでぼくはくるりと向きを変え、歯をむき出してうなり、今度はぼくが彼女を追いかける。彼女は速く、力強かった。ぼくたちは草地を走り回った。最初は彼女が先頭に立って、そして次はぼくが先頭に立って。彼女は荒々《あらあら》しく、勇敢《ゆうかん》で、生まれついてのハンターだった。

もし彼女がリーダーになるのなら、ぼくはこの先、空腹《くうふく》を感じることはないだろう。

上空でカラスが鳴いた。カラスがベイツガのしなやかな枝《えだ》の先に舞《ま》い降《お》りると、ぼくたちの上に針《はり》のような葉っぱが降《ふ》り注《そそ》いだ。ぼくのカラスではなかったが、これだけ旅をしてきた後で、その仲間に会えてうれしかった。ぼくも父さんや父さんの父さんのように、カラスの言うことには耳を傾《かたむ》けようと思う。ナイトも耳を澄《す》ましている。彼女から目が離《はな》せない。ぼくは黙《だま》って、耳を立てて尻尾《しっぽ》は水平にたもち、彼女に一歩近づいた。彼女もぼくに一歩近づく。ぼくはまた一歩、そして彼女もまた一歩。

ぼくの鼻先と彼女の鼻先が触《ふ》れあった。

鼻先から尻尾《しっぽ》まで、全身が震《ふる》えた。ナイトはさらに一歩近づいてきて、ぼくの肩《かた》にあごを乗せた。ぼくは彼女の首に頭をすりよせ、耳をなめた。

「狩《か》りはするの？」と彼女が言う。

「するよ」

「エルク？」

「うん」

「いつも？」

「そうだよ！」

彼女といっしょに走った。痛《いた》みも、長旅も、それまでずっと感じていた孤独《こどく》も、すっかり忘《わす》れていた。尾根《おね》まで来たところで立ち止まり、耳を澄《す》まし、あたりの匂《にお》いを嗅《か》いだ。それから、エルクが草を食《は》んでいそうな開けたところを探《さが》して、音を立てず静かに走った。ぼくたちは同時に匂《にお》いを嗅《か》ぎつけた。どうすればいいか、ナイトは言われなくても分かっていた。彼女が先頭に立って、見つからないようにエルクに接近《せっきん》する。立ち止まってようすをうかがう。まだ幼《おさな》いエルクが、ふらふらと群《む》れから離《はな》れていくのが目に留《と》まった。ぼくが先に走り出す。幼《おさな》いエルクを群《む》れから孤立《こりつ》させ、何度か走る方向を変えさせて、見通しのいい開けたところから逃《のが》さない。ぼくたちはいっしょにとどめを刺《さ》した。幼《おさな》いエルクが倒《たお》れる。最後にぼくが喉元《のどもと》に嚙《か》みつくと、ばたばたしていた脚《あし》も動かなくなった。

仕留《しと》めた獲物《えもの》を見下ろして立つぼくたちの口から、赤いものが流れる。彼女は分かっていた。待っている。ほんの少しの間。仕留《しと》めた生命に感謝《かんしゃ》をささげる。その瞬間《しゅんかん》、ぼくは仕留《しと》めた生命以上に、出会った生命に感謝《かんしゃ》していた。彼女はまだぼくに対して尻尾《しっぽ》を垂《た》れようとしない。この先もずっとそうするつもりはないのだと思う。でも彼女もぼくに尻尾《しっぽ》を垂《た》れさせようとはしない。対等の関係だ。母さんと父さんのように。

ぼくたちはお腹《なか》がいっぱいになるまでエルクを食べた。そしてコヨーテとカラスの分を残しておいてあげた。お腹《なか》がふくれたこと以上に満たされていた。ぼくたちは、これからぼくたちの故郷《ふるさと》となる草原まで歩いてもどり、一本いっぽんの木にマーキングをしていった。ぼくの故郷《ふるさと》ではなく、ぼくだけの故郷《ふるさと》ではなく、ぼくたちの故郷《ふるさと》。


暑い夏の日も、雪深い冬の日も、ぼくたちはいっしょに狩《か》りをした。エルクがたくさんいる。小川にはきれいな水が流れていて、いつでも好きなだけ飲める。走っていることが楽しくて、楽しみのためだけに雪の中を走ることもあった。遠吠《とおぼ》えを夜空に響《ひび》かせ、自分たちのなわばりの境界線《きょうかいせん》に丹念《たんねん》にマーキングをした。しかしぼくたちをおびやかす敵《てき》の群《む》れの遠吠《とおぼ》えが聞こえることはなかった。一本だけ黒い川が横た

わっていて、たまに人間の嫌《いや》な臭《にお》いがぼくたちの森にただよってくる程度《ていど》だった。ぼくたちはたいてい自分たちの山の尾根《おね》や谷や湖のあたりにいたので、人間を避《さ》けるのは簡単《かんたん》だ。そうやってオオカミは暮《く》らしていく。

それでもぼくは、ぼくたちの山にいて、日が昇《のぼ》ってくるほうを探《さが》してふり返ることがあった。ウォームのことを思い出していた。ウォームに向けた遠吠《とおぼ》えを、風に乗せて送る。聞こえると思ってそうしたわけではない。心の中で、ウォームもどこかの山にいて、すばらしい仲間たちといっしょにエルクの群《む》れを追いかけていると信じたかったからだ。そんな幸せな暮《く》らしの中で、それでもいつも、ぼくを探《さが》してくれていると思いたかった。弟の匂《にお》いや、弟との記憶《きおく》は、ずっとぼくといっしょにあった。川をわたる時も、砂《さ》漠《ばく》や山をこえる時も、焼けた大地を走っていた時も、いつもいっしょだった。思い出を胸《むね》いっぱいに吸《す》いこむ。いつもいっしょだと思った。二度といっしょにはいられないけれど、いつもいっしょなんだと思った。

冬になり、山が凍《い》てつく。それでも日が長くなるにつれて、雪がとけ、春が来る。ナイトがおとなしくなった。いつにも増《ま》して、不思議な魅力をまとい始めた。ぼくたちのなわばりの中でも特に目立たない谷に入って、深い巣穴《すあな》を掘《ほ》っている。ぼくも手伝《てつだ》って、そこに草をしきつめる。彼女はぼくを残して中に入っていった。長い間、何日も彼女は出てこなかった。ぼくはひとりで狩《か》りをして、一番いいところを彼女に持っていった。彼女が隠《かく》れている間、ぼくは吠《ほ》えることもしなかった。できなかった。朝焼けの地平線の上にオオカミの星を探《さが》した。待っている間、祈《いの》った。

細かった月がまん丸くふくらみ、ぼくのナイトはもうもどってこないのだろうかと思い始めた頃《ころ》、巣穴《すあな》の奥《おく》から声が聞こえた。ナイトの声と、そのほかに三つの声。

暗闇《くらやみ》の中でぼくたちの仔《こ》オオカミが生まれた。暗くても匂《にお》いでぼくの仔《こ》と分かる。ぼくたちの仔《こ》だ。ぼくたちの群《む》れ。ぼくはナイトに鼻をよせ、感謝《かんしゃ》の気持ちを伝えた。三頭の仔《こ》オオカミを耳から尻尾《しっぽ》までなめて、身をよじる小さな三頭を隅《すみ》から隅《すみ》まで記憶《きおく》した。ぼくの旅はすべてこのため、この美しさのためだったんだ。頭を上げ、空に向かって三頭の名前を歌う。空ではオオカミの星がぼくたちを見守ってくれている。

この物語のモデルとなった実際《じっさい》のオオカミ

このお話は、ＯＲ‐７とよばれたシンリンオオカミが実際《じっさい》に送った生涯《しょうがい》と旅に着想《ちゃくそう》を得て書いたものです。ＯＲ‐７は、アメリカのオレゴン州北東部にあるワラウア山脈に生息していたイムナハの群《む》れに生まれました。生物学者たちがＯＲ‐７に発信器つきの首輪をつけたことで、ＯＲ‐７の動きを追跡《ついせき》し、家畜類《かちくるい》を守ることができるようになりました。そしてオオカミの生態《せいたい》についても深く知ることができるようになったのです。

二〇一一年九月、ＯＲ‐７は二歳《さい》の頃《ころ》に故郷《ふるさと》を後にすると、一六〇〇キロもの距離《きょり》を移動《いどう》します。オレゴン州の東部から南部を経《へ》て、カリフォルニア州北部に到達《とうたつ》するのです。とちゅう、牛や

ライブカメラで撮影《さつえい》されたOR-7(2014年5月)

OR-7の足どり（アメリカ合衆国西部）

羊が飼育《しいく》されている地域《ちいき》もありましたが、ＯＲ－７が家畜《かちく》を殺すことはありませんでした。そしてたどり着いた先はシスキュー山脈でした。そこはＯＲ－７が生まれ育った生息環境《せいそくかんきょう》とよく似《に》ていました。鹿《しか》もエルクもたくさんいました。それまで九十年近くオオカミが目撃《もくげき》されていなかった地域《ちいき》ですが、ＯＲ－７はそこでつがいとなる雌《めす》と出会います。研究者たちがその雌《めす》オオカミからＤＮＡ《ディーエヌエー》サンプルを採取《さいしゅ》したところ、この雌《めす》オオカミもアイダホ州の群《む》れから離《はな》れて旅をしてきていたことが

研究者たちはオオカミに発信器つきの首輪をつけ、野生のオオカミの生態《せいたい》を追跡《ついせき》する。

OR–7とつがいとなった雌《めす》オオカミは、この写真のオオカミのように漆黒《しっこく》の毛をしていた。
オレゴン州にはクロオオカミがたくさん生息している。

分かりました。ＯＲ－７の臭跡《しゅうせき》をたどって、新しい故郷《ふるさと》となる地まで追いかけてきたのでした。

二〇一四年、ＯＲ－７とつがいのクロオオカミとの間に三頭の仔《こ》オオカミが生まれました。三頭とも最初の冬を生きのび、二〇一五年の夏にはＯＲ－７たちは二度目の仔《こ》オオカミにめぐまれます。この一家は「ローグの群《む》れ」とよばれるようになりました。ローグ川流域《りゅういき》に暮《く》らしていたからです。ＯＲ－７はオレゴン州の小学生たちから「ジャーニー」という名前をプレゼントされました。

ジャーニーの子孫のうち、一頭がカリフォルニア州北部まで旅をしました。そこでつがいの相手を見つけ、「ラッセンの群《む》れ」を築《きず》きます。二〇一七年の春に初めての仔《こ》オオカミたちが生まれています。ラッセンの群《む》れと、同じ地域《ちいき》に生息していた「シャスタの群《む》れ」は、この百年間でカリフォルニアを生息地とした初めてのオオカミたちとなりました。

本稿《ほんこう》を書いている二〇一八年時点で、ジャーニーはおよそ十歳《さい》になります。野生のオオカミとしては長寿《ちょうじゅ》です。たいていのオオカミはこの半分も生きません。ジャーニーは二〇一八年の春に五度目の仔《こ》オオカミを授《さず》かりました。

巣穴《すあな》から顔を出す仔《こ》オオカミたち。

オレゴン州でカメラがとらえた野生のオオカミ。

オオカミのこと

シンリンオオカミは、野生で生きていくために必要な適応能力《てきおうのうりょく》をたくさんそなえています。そのすばらしい性質《せいしつ》をいくつか紹介しましょう。

◆スピード

オオカミは時速六十五キロで走ることができる。北米で一番速い陸生動物であるエダツノレイヨウの最高速度は時速八十八キロなので、それにはおよばない。しかしオオカミは長《ちょう》距離《きょり》を走ることができ、たいてい一日に五十キロから百キロ走る。いざとなると一日に百六十キロ（！）走

ることもある。起伏《きふく》の激《はげ》しい土地でも、フェンスがあっても、険《けわ》しい斜《しゃ》面《めん》でも、水たまりが広がっていても、怪我《けが》をしても、どんな天気でも、毅然《きぜん》と走る。

◆歯

オオカミには四十二本の歯がある。人間よりも十本多い（！）ことになる。噛《か》む力も強い。食べるのが速く、一度に九キロの肉を食べることができる。九キロというとハンバーガー百個分である。オオカミの糞《ふん》には獲物《えもの》の骨《ほね》や皮が塊《かたま》りになって残っているので、コヨーテの糞《ふん》と区別することができる。がつがつ食べることを英語で「ウルフ・ダウンする」

と言うのは、このことに由来する。

◆大きさ

鼻から尻尾《しっぽ》までで、一・四メートルから二メートルをこえるくらいになる。平均的《へいきんてき》な体重は三十キロから五十キロで、雄《おす》は雌《めす》よりも大きい。北極地方に生息するオオカミが、種の中で最大。

◆コミュニケーション

オオカミは遠吠《とおぼ》えで意思の疎通《そつう》をはかるが、動作や顔の表情《ひょうじょう》も連絡手段《れんらくしゅだん》として利用している。十六キロ離《はな》れたところの物音を聞き取ることができ、人間の耳では感知できない高い音もとらえることができる。

◆匂《にお》い

オオカミが狩《か》りをするうえで、匂《にお》いは重要な要素《ようそ》である。オオカミは三キロ離《はな》れたところからでも獲物《えもの》の匂《にお》いを嗅《か》ぎつける。他のオオカミとコミュニケーションを取る際《さい》にも匂《にお》いを役立てている。なわばりに定期的に排尿《はいにょう》し、他のオオカミに対して侵入《しんにゅう》を禁止《きんし》する警告《けいこく》としている。爪《つめ》でも嗅覚標識《きゅうかくひょうしき》を残すことができるため、他のオオカミはその跡《あと》をたどることができる。ジャーニーがシスキュー山脈でつがいとなる相手を見つけることができたのも、そのおかげである。

◆足跡《あしあと》

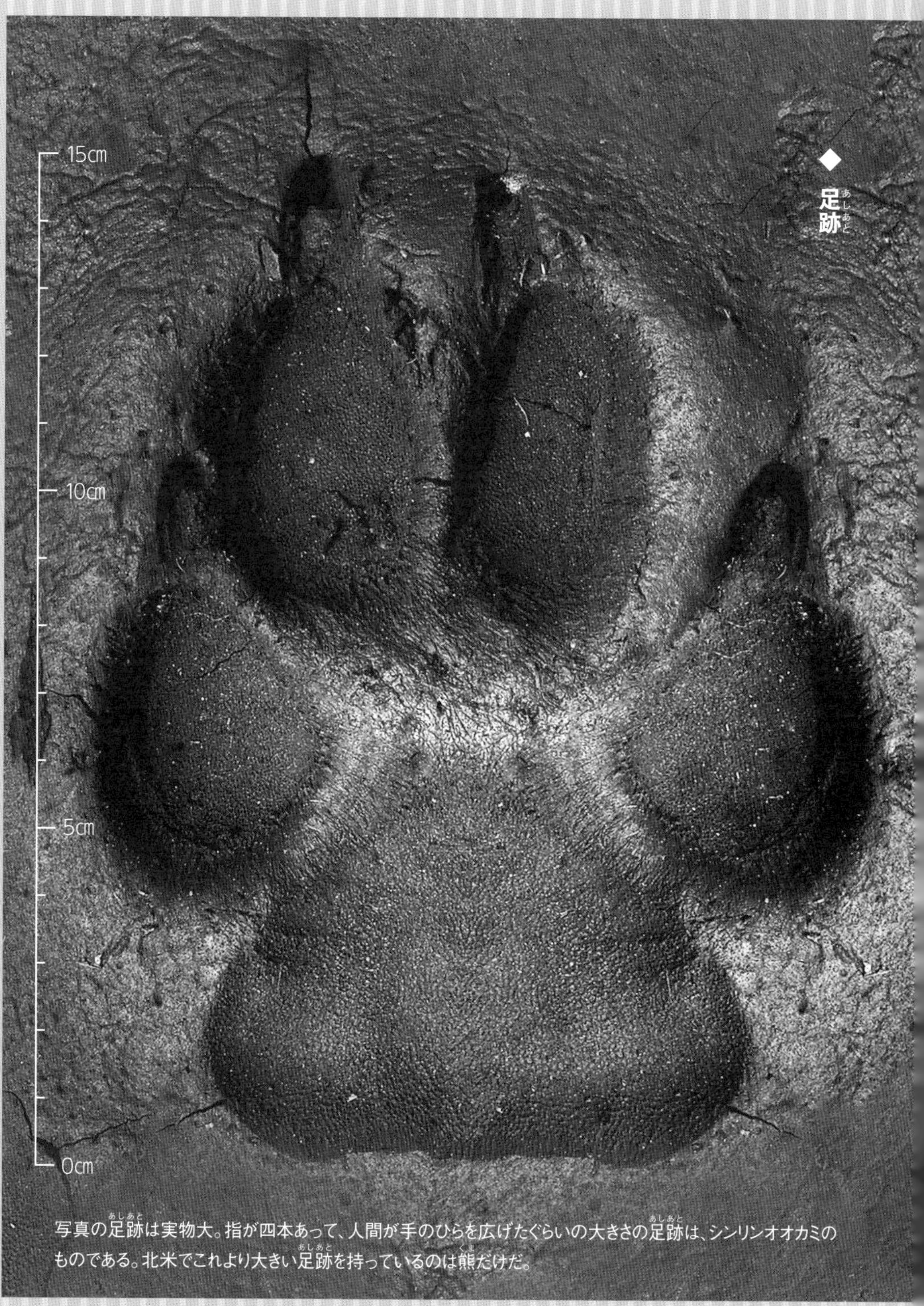

写真の足跡《あしあと》は実物大。指が四本あって、人間が手のひらを広げたぐらいの大きさの足跡《あしあと》は、シンリンオオカミのものである。北米でこれより大きい足跡《あしあと》を持っているのは熊《くま》だけだ。

◆群《む》れ

オオカミは群《む》れで暮《く》らす。二頭だけの小さな群《む》れの場合もあるが、大きい群《む》れになると三十頭ほどいることもある。しかしたいていの群《む》れは五頭から八頭で形成される。群《む》れを率《ひき》いるのは、長年の絆《きずな》で結ばれているリーダーの雌雄《しゆう》である。つがいの相手に死なれたオオカミは、他に相手を探《さが》すことになる。まれに、「浮気者《うわきもの》」の場合、仔育《こそだ》てを相手にまかせっぱなしにして、複数《ふくすう》の群《む》れに複数《ふくすう》の相手を持っていることがある。

自分が生まれた群《む》れにとどまるオオカミもいれば、群《む》れを出て他の群《む》れに入るオオカミもいる。ジャーニーのように、故郷《ふるさと》を離《はな》れてさまよい、新しい土地で新しく群《む》れを作ることもある。

仔《こ》オオカミは春に生まれる。生まれた時の体重は五百グラムにも満たず、青い瞳《ひとみ》をしている。それが八ヶ月頃《ごろ》までに琥珀色《こはくいろ》に変わってくる。リーダーの雌《めす》が仔《こ》オオカミの世話をしている間は、群《む》れの仲間たちがリーダーの雌《めす》のために大きな肉の塊《かたま》りを巣穴《すあな》まで運ぶ。その後は、肉を喉《のど》にためたままもどってきて仔《こ》オオカミたちにあたえる。仔《こ》オオカミたちに口元をなめられて、咀《そ》嚼《しゃく》前の肉を咳《せき》をして吐《は》き出《だ》すのだ。仔《こ》オオカミたちは一年で大人の大きさに成長し、二年もしくは三年で群《む》れから離《はな》れられるまでに成長する。

◆野生のオオカミ

オオカミの群《む》れにはなわばりが必要で、そこにはみんなに行きわたるだけの獲物《えもの》がいなければならない。なわばり内では、みんながいつも集まって眠《ねむ》る場所が決まっている。リーダーの雌《めす》はその近くに仔《こ》オオカミを産むための巣《す》穴《あな》を掘《ほ》る。獲物《えもの》が豊富《ほうふ》に見つかるところでは、なわばりは四十平方キロメートルほどの広さですむが、獲物《えもの》が少ない北極地方では一つの群《む》れが八百平方キロメートルもの広大ななわばりをもつこともある。アラスカをのぞくアメリカ本土四十八州に生息するほとんどの群《む》れのなわばりは、百六十平方キロメートル程度《ていど》。

シンリンオオカミは、かつてはユーラシア大陸のいたるところに生息していたが、狩猟《しゅりょう》によってほとんど絶滅《ぜつめつ》してしまう。二十世紀に入る頃《ころ》には生息数は従来《じゅうらい》の三分の一にまで減少《げんしょう》し、山奥《やまおく》など人里離《はな》れた地に追いやられてしまった。現在《げんざい》はヨーロッパ全域《ぜんいき》で再《ふたた》び見られるようになった。イギリス諸島《しょとう》ではまだオオカミの再導入《さいどうにゅう》が行われていない。

オオカミは鹿《しか》やエルク、ムースといった「有蹄動物《ゆうていどうぶつ》」、つまり蹄《ひづめ》のある哺乳動物《ほにゅうどうぶつ》を狩《か》りの対象《たいしょう》とする。時にはバイソンでさえその餌食《えじき》となる。群《む》れで狩《か》りをすることで、自分たちの五倍から十五倍もの重さの動物を仕留《しと》めてしまう。しかしエルクは反撃《はんげき》に出ることがあり、その蹄《ひづめ》で肋骨《ろっこつ》を折られることもめずらしくない。大型の獲物《えもの》が見つからない時は小さな動物を捕《と》り、死肉を食べることもある。人間を襲《おそ》った記録はなく、さらに野生のオオカミは親に教わった獲物《えもの》を捕食《ほしょく》するという本能《ほんのう》が非常《ひじょう》に強く、家畜《かちく》を襲《おそ》うのはやむをえない場合に限《かぎ》られる。

狩《か》りの際《さい》にカラスとオオカミが協力することはめずらしくない。カラスが獲物《えもの》を見つけてオオカミをそこに案内し、オオカミが獲物《えもの》の皮を裂《さ》く。カラスのくちばしは鉤状《かぎじょう》になっていないため、自分ではそれができないからだ。

シンリンオオカミは群《む》れで狩《か》りをすることで、自分よりも大きな動物を仕留《しと》める。

北米太平洋沿岸《ほくべいたいへいようえんがん》北西地区の生息環境《せいそくかんきょう》

ジャーニーは新しい故郷《ふるさと》に到達《とうたつ》するまでの旅のあいだに、オレゴン州の典型的な地形をいくつか通過《つうか》している。

草原地帯

ズムウォルト大草原は、背《せ》の低い北米原産の草が何種類も自生する大草原で、その広さは三十万エーカーにおよぶ。町から遠く離《はな》れ、標高《ひょうこう》一一〇〇メートルから一七〇〇メートルの高地にあるため、これまで一度も農耕《のうこう》に利用されたことがない。ズムウォルト大草原にはウタスズメからイヌワシまで、たくさんの鳥が生息している。草地や野草は草食動物や肉食動物の生命を支《ささ》え、百種以上のミツバチの生息地となっている。東にはヘルズキャニオンがあり、二四五二メートルという その深さはグランドキャニオンをしのぐ。ズムウォルト大草原は原住民のニミプー（ネズパース族）の族長ジョセフが率《ひき》いた一族の故郷《ふるさと》でもある。

エルクは、吠《ほ》えたり甲高《かんだか》い声を出したり、さえずるように鳴いたり、きしむように鳴いたり、猫《ねこ》

のような鳴き声をあげたり、さかり声を発したり、騒々《そうぞう》しい。雄《おす》は毎年春になると角がのび、その重さは二本合わせると十八キロにもなる。一日に二、三センチのペースでのびるエルクの角は、成長のスピードが最も速い骨《ほね》である。

コヨーテは、体はオオカミの半分ほどだが、適応力《てきおうりょく》に優《すぐ》れている。寿命《じゅみょう》はオオカミの約二倍で、えり好みせず何でも食べ、砂漠《さばく》でもツンドラ地帯でも、どんな気候の下でも生きていくことができる。大都市にすみつくこともある。

ハチドリは虹色《にじいろ》の軽業師《かるわざし》だ。空中で静止することもできれば、高速で前はもちろん、左にも右にも、後ろ向きに飛ぶこともできる。体重は一セント硬貨《こうか》とほぼ同じで、クルミの殻ほどの大きさの巣を作る。毎日、自分の体重の二倍分ほどの花蜜《かみつ》や花粉《かふん》、昆虫《こんちゅう》、樹液《じゅえき》を摂取《せっしゅ》する。

紫色《むらさきいろ》の花をつける**ヒナユリ**は、湿性草地《しっせいくさち》に生育する。根の部分を時間をかけてじっくりと火にかけると甘《あま》い澱粉《でんぷん》になる。ニミプーの主食の一つ。

臆病《おくびょう》な草食動物の**ヤマアラシ**は三万本の棘《とげ》を持ち、攻撃《こうげき》されると反撃《はんげき》に出る。棘《とげ》を相手の肉に突《つ》き刺《さ》して切《き》り離《はな》し、その間に逃《に》げる。棘《とげ》にはかがりがあり、血がつくとふくらんでぬけにくくなる。

砂漠《さばく》と湿地帯《しっちたい》

一九〇八年、ツルやシラサギを羽毛ハンターから守るために、マルヒュア国立《こくりつ》野生生物《やせいせいぶつ》保護区《ほごく》が設立《せつりつ》された。それまで、ハンターたちは羽毛を集めることを目的に何百羽ものツルやシラサギを撃《う》ち殺《ころ》していたのだ。この保護区《ほごく》はグレートベースンの北端《ほくたん》に位置している。水は通常《つうじょう》、山から海に向かって流れるが、グレートベースンでは、冬に降《ふ》った雨は内陸の湖に注ぎこみ、夏になると湿地《しっち》や沼地《ぬまち》が干上《ひあ》がって砂漠《さばく》が出現《しゅつげん》する。七六〇平方キロメートルあるマルヒュア保護区《ほごく》は、北米大陸にある保護対象《ほごたいしょう》の湿地帯《しっちたい》としては最大規模《さいだいきぼ》をほこり、太平洋地域《たいへいようちいき》の渡《わた》り経路《けいろ》を飛来する鳥にとって欠かせない生息環境《せいそくかんきょう》となっている。北極圏《ほっきょくけん》ツンドラやアマゾンの熱帯雨林といった遠方から、何百種もの鳥がやって来る。保護区《ほご》にはさらに、鹿《しか》やエダツノレイヨウ、コヨーテ、イタチ、ミンク、ヤマアラシ、アナグマなども生息する。北パイウート族が、何千年も前からこの地に暮《く》らしている。

エダツノレイヨウは、二千万年以上前から北米で進化してきた。レイヨウとも鹿《しか》ともことなり、角には骨《ほね》の芯《しん》があり、その芯《しん》をおおう鞘《さや》のような部分が毎年はげ落ちる。時速八十八キロで走る。これより速く走れるのはチーターだけだ。しかしチーターとちがって、エダツノレイヨウの群《む》れはトップスピードの半分の速さで何マイルも走り続けることができる。

野生馬が作る群《む》れは二つのタイプに分かれる。一つは家族でつくる群《む》れで、雌《めす》がリーダーをつとめ、雄《おす》が仲間を守る。もう一つはリーダーの雄《おす》と家族の群《む》れから追い出された若《わか》い雄《おす》でつくる群《む》れ。若《わか》い雄《おす》が家族の群《む》れに再《ふたた》び入るには、群《む》れを守る雄《おす》とたた

かって勝たなければならない。一方で雌馬《めすうま》たちは、群《む》れの中の雌《めす》同士で生涯《しょうがい》にわたる絆《きずな》をきずく。

カナダヅルは背《せ》の高さ一・五メートル、翼開長《よくかいちょう》は二メートルほどに成長する。毎年、カナダからアメリカ南部に渡《わた》りをする。一日に数百キロメートル飛行する。翼《つばさ》を広げて飛《と》び跳《は》ねたり、お辞儀《じぎ》をしたり、鳴いたり、息をもらすような音を発したり、棒《ぼう》きれを投げたりしてダンスをする。ダンスをするのは、なわばりを守るため、肉食動物を威嚇《いかく》するため、若《わか》いツルを教育するため、生涯《しょうがい》にわたる雌雄《しゆう》の絆《きずな》を強めるため、といった目的がある。

森林地帯

ローグ川シスキュー国立森林公園は、アメリカの国有林の中でも植物学上もっとも多様な森林地帯である。この

あたりは、カリフォルニア州の地中海性気候《ちちゅうかいせいきこう》と、オレゴン州西部の温帯多雨気候と、グレートベースンの乾《かわ》いた暑さがぶつかり合う地域《ちいき》である。シスキュー山脈の西側は東側に比《くら》べて雨が多く、二〜三メートルの降雨量を記録する。ローグ川流域《りゅういき》は荒々《あらあら》しくて景観のよい川が三百キロ以上にわたって流れ、サケ、スチールヘッド、マスが生息する。こうした魚や、オークのサバンナ、ヒナユリの草原が、一万年以上前からここに暮《く》らすタケルマ族の生活を支《ささ》えている。

マスノスケはサケ科の中で最も大きく、体重は五十キロにもなる。淡水《たんすい》で生まれ、数百キロ離《はな》れた海まで泳ぎ、それからさらに数千キロ離《はな》れたアラスカ湾《わん》を目指す。シャチやアシカが好んで捕食《ほしょく》する魚である。海で数年過《す》ごした後、再《ふたた》び生まれ故郷《こきょう》の川にもどってきて産卵《さんらん》する。

オオガラスと**カラス**は鳥類の中で最も知的な種である。オオガラスはカラスの二倍ほど大きく、翼《つばさ》を広げると一・三メートルになるものもある。さまざまな生息環境《せいそくかんきょう》に分布し、鬱蒼《うっそう》とした熱帯雨林からヤマヨモギの生育する砂漠《さばく》まで、さらには海岸地帯から山頂《さんちょう》まで、幅広《はばひろ》い地域《ちいき》で観測《かんそく》されている。オオカミ同様、家族で構成《こうせい》された群《む》れで行動し、狩《か》りの際《さい》にもみんなで協力し、つがいの相手とは長期にわたる絆《きずな》をきずく。

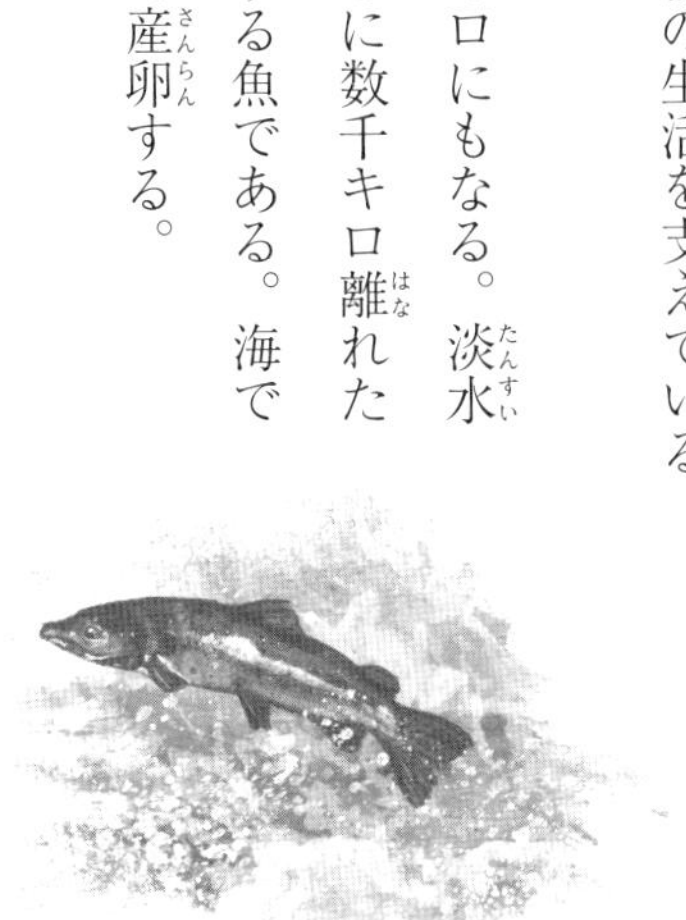

クーガーは山のライオンともよばれるが、吠《ほ》えることもなければ、アフリカに生息するライオンのようにたてがみもない。見事に気配を消し去り、獲物《えもの》を狩《か》る。五メートルの跳躍力《ちょうやくりょく》をほこり、一撃《いちげき》で鹿《しか》をおし倒《たお》し、一噛《ひとか》みで首の骨《ほね》を折ってしまう。

ベイスギは数千年をかけて、六十メートルをはるかにこえて生長する。種子（毬果《きゅうか》）は長さ二センチほど。木材としては加工しやすく、耐久性《たいきゅうせい》に優《すぐ》れる。カヌーやトーテムポール、住宅、道具、籠《かご》、衣類、ロープ、薬の材料として使われる。多くの動物がベイスギから食べ物をえたり、隠《かく》れ場所に利用したりしている。北西部に暮《く》らす部族の間では、「命の木」とよばれている。

著者《ちょしゃ》あとがき

渡《わた》りは地球の鼓動《こどう》です。三分の一グラムほどの体重で五千キロにおよぼうかという距離《きょり》を移動《いどう》するオオカバマダラチョウから、同じくらいの距離《きょり》を移動《いどう》する体重四十トンのコククジラまで、多くの動物がある場所から別の場所を目指して移動《いどう》します。動物が渡《わた》りをするのは、食べ物やすみかを求めてのことです。子孫を残すという目的もあります。他の動物になわばりをおびやかされた時や、それまでのなわばりが手狭《てぜま》になってきたような場合にも移動《いどう》をします。気候が変化した時や、なわばりが人間に荒《あ》らされた時、洪水《こうずい》や嵐《あらし》、地震《じしん》、野火といった自然災害《しぜんさいがい》が発生した時にも移動《いどう》します。

人間も移動《いどう》しますが、たいていの場合、理由は同じです。わたしたちも仕事や食糧《しょくりょう》や住居を求めて引っこしをします。あるいは戦争や自然災害《しぜんさいがい》から逃《のが》れるため、愛する人といっしょにいるため、安全で自由な暮《く》らしを送るために、住むところを変えます。

すみなれたところを離《はな》れて、新しいホームを探《さが》している方の心に、このオオカミの物語が響《ひび》くことを願っています。わたしが家から遠く離《はな》れて暮《く》らしていた時に温かく歓迎《かんげい》してくださった皆《みな》様《さま》に感謝《かんしゃ》しています。また、世界各地からわたしが暮《く》らす州に引っこしてきて、この土地をより豊かに、より趣深《おもむきぶか》くしてくれた皆様《みなさま》にも、感謝《かんしゃ》申し上げます。

作者　ロザンヌ・パリー（*Rosanne Parry*）

作家。アメリカ合衆国イリノイ州生まれ。オレゴン州ポートランド在住。自宅の裏につくったツリーハウスで執筆している。主な作品に、『Heart of a Shepherd』『The Turn of the Tide』『Second Fiddle』『Last of the Name』などがある。

翻訳　伊達　淳（だて じゅん）

翻訳家。和歌山県生まれ。関西学院大学商学部卒業後、東京外国語大学欧米第一課程卒業。主な訳書に『真夏のマウンド』（あかね書房）、『野生のオーケストラが聴こえる——サウンドスケープ生態学と音楽の起源』（みすず書房）、『フクロウの家』（白水社）などがある。

画家　モニカ・アルミーニョ（*Mónica Armiño*）

イラストレーター。スペインのマドリードを拠点に活躍している。本書『オオカミの旅』の他に、児童書の装丁画を多数担当し、アニメーション作品なども手がけている。

装丁：白水あかね
協力：有限会社シーモア

オオカミの旅

2020年6月11日　初版発行

作　者　ロザンヌ・パリー
訳　者　伊達　淳
画　家　モニカ・アルミーニョ
発行者　岡本光晴
発行所　株式会社あかね書房
　　　　〒101-0065　東京都千代田区西神田 3-2-1
電　話　営業(03)3263-0641　編集(03)3263-0644
印刷所　錦明印刷株式会社
製本所　株式会社難波製本

NDC 933　192ページ　22 cm

ISBN978-4-251-06574-2
落丁・乱丁本はお取りかえいたします。定価はカバーに表示してあります。
https://www.akaneshobo.co.jp